在塘福村等你

車人 著

看書可以治病？

　　人生不如意者十常八九，誰沒憂愁與煩惱？而且不限年齡、性別、社會階層。

　　傳統觀念經常誤以為：小孩快活悠哉，天生無憂無慮。所謂憂慮，是人長大了才會出現的情緒問題。文人筆下的「少年不識愁滋味」，以今日眼光看來，恐怕是對小孩不了解，或無心去了解小孩的感受吧。也因此，傳統家長通常不是子女遇到情緒困擾時，最佳的傾訴對象。即使現在孩子生得少，情況大概也如此。

　　那麼，愁腸百結的少年人可以找誰呢？

　　找精神科醫生、心理醫生嗎？若是抒解日常的愁悶，似乎誇張了一點。

　　找朋輩或同學嗎？不錯，只是聆聽了你的訴苦，同樣青澀的他卻沒能力幫忙解憂，更糟的是，他若受到你的負面情緒影響，說不定就一同坐困愁城。

憂愁的你，苦無出路，可曾想過療癒閱讀（healing reading）？

療癒閱讀出自圖書館學一門新穎的學科「書目療法」（Bibliotherapy），幫助那些受情緒困擾、心靈困頓的人，透過閱讀，心弦被觸動，或是受到撫慰，進而宣洩負面情緒，得到體悟與啟發。

歐美的公共圖書館在二十世紀中葉陸續推出「書目療法」服務，台灣起步較晚，2006 年才開始發展。至於香港，遺憾的是，就連起步也談不上，探其原因，跟本地書市的長期不景氣有關，青少年文學出版本來就不多，適合療癒閱讀的更加少之又少，書本匱乏如何建立有效的書目？空有理論，欠缺實質內容，香港圖書館員的困境，正是巧婦難為無米之炊。

不過，希望還是有的。

要為香港青少年編訂一份療癒閱讀的書目，車人的新作《在塘福村等你》該是首選。小説主角是位年輕少女，由於家庭變故，被迫離開城市，遷居塘福村故居，與祖母共住。

在綠意盎然的塘福村，少女漸漸發現與許多可愛的小昆蟲有特別的聯結，而這些小昆蟲也成為她的朋友和倚靠，陪伴她度過孤獨的逆境，在失意時給予她力量和啟示。除了與小昆蟲的友誼，少女還遇到一群獨特而有趣的朋友，一起探索塘福村鮮為人知的秘密，一起經歷各種冒險和挑戰，故事充滿活力與溫情。

不管年紀多大、閱歷多深，人總會遇到困難與失意，感到孤獨、脆弱、無助，甚至失去希望，若找不到其他人傾訴、支持或倚靠，閱讀會是一條出路，將角色的境遇連結自身的困境，產生共鳴，情緒隨故事的起伏而出現轉變，與角色一同走出低谷，從而省思自身。

看書可以治病，不過，如果你患上傷風感冒、發燒發炎等醫療層面的疾病，就要到醫院、診所求醫，可別往圖書館，至少別傳染其他讀者喔。

推 薦 序   作家 **畢名**

就是純粹的喜愛

作為一個職業小説作家，我敢肯定讀者的口味、市場的趨勢在創作過程中怎樣都要計算在內，無他的，説得上是職業，即是作家的作品需要一定的銷量，以令作家可以繼續在創作圈生存，從而得到出版社信任繼續投資。

所以，你説創作過程如果可以非常單純，就是喜歡就去寫，我手寫我口，落筆寫我心，是件非常幸福的事。每位作家總有最少一次機會，創作第一本作品的時候，我相信就是那麼純粹，那股創作的熱情就是那麼熾熱。

至於往後的發展，就看實力、際遇和運氣的三者交纏。而這本書的作者車人，就是可以一直享受幸福的作家，同時亦是非常努力的人。

很少人談論過車人創作的背後，甚至記者訪談，都甚少撰文了解她寫作過程的一面。無他的，因為她的小説主題往

往有趣得蓋過其他訪談角度，所以當我執筆寫這篇序時，我就想，不如我就寫寫她不為人知的一面。

車人比較為人認知的，應該是近年寫下不少膾炙人口的青少年文學小說，年青讀者投入她創作的世界，可以感受到她筆下一幕幕華麗的魔幻畫面，或者跳進一群年青人共同成長的經歷，甚或跟她攜手來一場高低起伏周遊列國的追夢過程。

主題琳琅滿目，最終莫不是被她的故事感動得流淚，或偶爾輕歎一聲惋惜，繼而替主角失而復得的經歷叫喊出來。是的，她的故事就是那麼容易掀動我們的情緒，令我們不知不覺間在眼前幻化出故事的畫面，連結眾角色的感受，最後賺下大小讀者的讚美。

這要歸功於她的堅持和執着。跟她合作過的人都知道，她對文字的要求非常嚴格，一本作品完成初稿後，她總會不斷細琢文字，每每希望遣詞做到讀來順滑上口之餘，更處處

體現她對字詞要有美感、流露感情的執着。

編她的書時，她經常掛在口邊的一句：「我想再修訂一下文字。」（其實妳已修訂了不知多少遍了……）

和她合作寫書時，她總反覆問着：「你覺得這句文字是不是不夠細緻……」（其實從妳全神貫注把目光鎖定在那兩隻字時，其他人的答案都不重要……）

這就是車人，一個對文字執着得你未必真正了解過的小說作家。

所以，成功沒有僥倖，她寫作風格上最為人樂道的「細膩文字」，就是她一直以來的「堅持」換取回來的。我敢説，她有時甚至比編她書的編輯，對筆下故事的用字更執着，一些字詞組合的運用方法連我也未曾試過，過後她便開創出一種新遣用詞，又合理成風。

一切都那麼純粹，就源於她那麼喜歡自己的故事，就像這本小説。

《在塘福村等你》是她第二十二本作品，我親歷它的誕生過程，喜歡上故事中那淡淡然流露的感情、不自覺出現的牽絆，還有呈現出的鄉郊人情，每一個畫面都很漂亮。她和她筆下的作品就是那麼獨特的存在，並沒法用其他的人和事可以類比。而我，最有資格印證上述的一切。

　　由網絡興起年代發掘她寫下《大埔道八號》，到跟她合著小說《七天房客 · 相遇九如坊》（十年後再續寫後作《九如坊 · 讓我們再次遇見》），乃至於主編她的得獎作品《愛上你 · 遺下我》，到親歷她寫下一系列的青少年故事佳作。

　　我，都一一參與其中。

　　她，是屬於香港的一代青少年文學作家。這次「香港作家巡禮」的其中一員——你和我都喜愛的，車人。

作者序

　　當我收到邀請參與「香港作家巡禮」時，編輯先生說，現今世界變遷迅捷，倘若這是我最後一部小說，問我會選擇寫什麼樣的故事。

　　我毫不遲疑地選擇了關於塘福村的故事。

　　塘福村是我童年的樂園，我曾在這個遠離塵囂的小村莊中度過一段美好時光。這裏呈現出與大城市迥異的迷人景致，山峯疊翠與清澈沙灘相映襯，更有獨特的石灘，由數千上萬塊石頭堆砌而成。坐在巍峨石塊上，居高臨下，眺望延伸至天際的大海，聆聽着奔騰的海浪聲，盡情放鬆，感受無比愜意。這片土地承載着獨特鄉村風情和傳統習俗，每逢節慶，鞭炮響起，孔明燈升空，舞獅躍動，百圍盆菜宴，太公分豬肉，這些古老的傳統文化散發出中國古老的韻味。

　　短短的數十載，塘福村經歷了不少變幻，記得由最初的一大片農地逐漸轉變為年輕人的露營勝地。每當假日，人們租借油燈、單車和帳蓬，在廣大草坪上共享美好時光。後來，村民開始興建度假屋，出租露營車，經營小餐館，使得這裏

更加熱鬧。隨着時代發展，赤鱲角機場建成後，這裏更成為來自世界各地的機長和空服人員的聚集地，色彩斑斕的西式別墅在古老的村屋中嶄然聳立，新舊建築共同譜寫着另一種風情。

在那段青澀純真的日子，我在這裏體驗了快樂和失落，也親眼目睹了各種令人心碎的恩怨情仇，編織成難以忘懷的童年回憶。正因為我對塘福村懷有特殊情感，所以我選擇以此為背景，書寫一個關於親情和友誼的故事。

這本書不僅僅是向讀者介紹塘福村，更希望透過這故事觸動您的心靈，讓您重新思考人與大自然的關係，以及對傳統文化和友誼價值的重視。

期待這個故事能喚起大家對純真時光的回憶和對家鄉的思念，祝您享受這趟閱讀之旅！

車人

目 錄

第一章　　回到塘福村 ⋯⋯⋯⋯⋯⋯⋯⋯⋯ 13

第二章　　男校女生 ⋯⋯⋯⋯⋯⋯⋯⋯⋯⋯ 23

第三章　　蟲語的疑惑 ⋯⋯⋯⋯⋯⋯⋯⋯ 35

第四章　　婆婆的堅執 ⋯⋯⋯⋯⋯⋯⋯⋯ 51

第五章　　火龍活現 ⋯⋯⋯⋯⋯⋯⋯⋯⋯⋯ 59

第六章　　姨姨的情人 ⋯⋯⋯⋯⋯⋯⋯⋯ 69

第七章　　追溯舊日足跡 ⋯⋯⋯⋯⋯⋯ 77

第八章　　久遠的秘密 ⋯⋯⋯⋯⋯⋯⋯⋯ 91

第九章　　英雄駕到 ⋯⋯⋯⋯⋯⋯⋯⋯⋯⋯ 99

第十章　　神秘的沙灘 ⋯⋯⋯⋯⋯⋯⋯ 109

第十一章　星空下的抉擇 ⋯⋯⋯⋯⋯⋯ 121

第十二章　未完的映畫 ⋯⋯⋯⋯⋯⋯⋯ 135

第十三章　螢火蟲的微笑 ⋯⋯⋯⋯⋯⋯ 141

第十四章　繾綣歲月 ⋯⋯⋯⋯⋯⋯⋯⋯⋯ 155

回到塘福村

「這是一趟短暫的旅行而已！只不過換一下身邊的風景！」

在搖晃的車箱中，我凝望着雨絲劃在窗上，逐漸滴聚成水珠，然後無聲無息地滑落。

外面密密麻麻的高樓大廈不斷往後倒退，隨着小貨車飛快地奔馳，窗外漸漸出現一棵棵高大的樹，還有連綿起伏的山嶺，離開石屎森林的感覺就像暫時逃出複雜煩囂的世界，眼前迎來一條看不到盡頭的泥濘小路。

我偷偷從倒後鏡瞄向坐在駕駛位置的舅父，又迅速地將眼神移開，生怕不小心會與他目光相接。舅父五官的輪廓很深，方正的臉龐載着高而挺的鼻梁，一雙眼神特別銳利，令人望而生畏。人們都說「外甥多似舅」，我心裏慶幸這句話

沒有應驗在我身上。

舅父的態度一向冷漠，他和媽媽的感情向來不算很好，直覺告訴我，他就是不喜歡我。他的臉上打從早上一直沒出現過一絲笑容，眉頭緊緊湊在一起，令我不知如何是好。

殘舊的小貨車在崎嶇不平的山路顛簸前行，多寶和我坐在破舊的座椅上不斷被拋來晃去。我半閉着眼把頭靠在車窗，我昨天一直沒睡好，身體快累透了，可是腦袋仍然沒法靜下來，頭顱裏就像裝了個漩渦，不停地轉呀轉。一切來得太突然，我還沒有足夠時間把所有物件收拾好，就被帶上舅父的車，在毫無準備下與媽媽暫別。想到自己被遺棄，一陣心酸不知從哪裏湧到眼眶，模糊了我的視線。我依偎着多寶，輕輕舒了口氣，「幸好還有你在我的身邊。」

雨終於停了，我放眼望出去，一塊塊像方格子般的農田直闖入我的視線，小路旁長着紅紅橙橙的野花，青蔥的小草從土地中探出頭來，還有連接着天空的海岸，被陽光照得就像給鋪上了一層閃閃發光的碎銀。一切都是那麼熟悉，又那麼陌生，畢竟我已經六年沒有回來了，腦海只殘存着小時候模糊的記憶。事實上，就連舅父和外婆的樣子，也只是依稀記得。

我把車窗拉下來，鮮風一下子吹走車廂內的悶焗，空氣夾雜着濕潤的草香，這久違了的味道代表我們越來越接近目

的地。多寶興奮地把頭探出車窗外，牠的一雙耳朵就像掛在晾衣架上的長襪子一樣，被風吹得翻來覆去，這小狗最怕熱，難為牠在車廂困了半天。

兩小時的車程比想像中更遙遠，舅父把小貨車停泊在村口士多旁邊，然後打開車門，把我的行李提出來，不作一聲自顧走進小路去。多寶一閃身從後座跳出車外，牠在泥黃色的土地上嗅去嗅去，把舌頭伸出來「嘎嘎嘎嘎」地翻動，興高采烈地搖擺着尾巴。蔚藍的天空與青蔥的山丘連成一線包圍着整條村莊，矮小的樓房不再是記憶中的疏疏落落，除了傳統舊式大屋外，眼前更多的是新建成、顏色奪目的歐陸式三層洋房。傳統古舊的村屋與現代化的別墅在這條村莊隨意穿插交替，沒有工整的布局，沒有統一的安排，看上去別有一番特色。

這裏就是塘福村。

突然，腳下的一件小東西吸引了我的目光。

我蹲下來仔細一看，原來是一隻小蝸牛，啡紅色的滾輪外殼包裹着一顆脆弱的小生命，牠悠然地在濕潤柔軟的草叢裏緩緩爬行着，好不寫意。

我撿起小蝸牛，牠滑膩膩地在我的掌心上蠕動，弄得我搔搔癢癢的。

「哎呀呀，放開我呀！」我彷彿聽到小蝸牛驚慌地掙扎

叫喚。

　　正當我看得出神，舅父在遠處喚了一聲，示意我快跟上他。

　　看着舅父越來越小的身影，我不得不加快腳步，於是我小心翼翼地放下小蝸牛，順着那蜿蜒小路趕上去。

　　穿過小橋，走過窄巷，經過幾戶人家的門前，一棟兩層高的青磚大屋出現在我的眼前。灰瓦鋪砌的屋頂、深綠色的鏤刻鐵窗、早已褪色的木門，門前的空地架了一排由十幾條竹竿搭成的竹棚，吊掛着一串串未熟的葡萄。裊裊的炊煙升起，帶着柴草的香味飄散在空中。這裏的景象跟記憶中沒有兩樣，我終於回到外婆家了。

　　多寶的出現引來附近狗兒吠叫，來到陌生的地方，多寶顯得有點不自在，膽小的牠只好瑟縮在我腳邊。

　　外婆聽到嘈吵聲於是探頭走出來。

　　「希茵，你回來就好了！長得這麼高了，快過來給我看看！」外婆兜起圍裙把粗糙的雙手擦乾淨，急急地走過來摸清楚我的臉。

　　「婆婆！我很掛念你啊！」外婆的頭髮明顯比以前疏落，更多更深的皺紋滿布在這張瘦削的臉上，個子也變得更矮小，不過看來精神還算不錯。

　　「哎唷，這隻小黑狗是你帶來的嗎？看牠那耳朵長長，

眼睛水汪汪，多精靈！一會兒我去找個大紙皮箱給牠放在『騎樓底』當狗窩吧。」多寶一定是感覺到外婆的熱情，於是走上前向她搖着尾巴。

外婆從廚房取出一根骨頭餵給多寶，然後趁牠吃得津津有味時用大麻繩套着牠的脖子，把牠縛在門前。

多寶掙脫不了，可憐地望着我發出哀怨的悲鳴，我想將牠解開，卻被外婆阻止。

「先別放牠，小狗兒來到陌生地方會不習慣四處走動，若不先關住牠三數天，牠就會跟隨其他狗兒去，不會回來的。放心吧，繩子長得很，足夠牠伸展活動，你快跟我來把行李放到房間吧。」

於是，我撥弄着多寶黑黝黝的毛髮，叫牠不要難過，然後跟着外婆走上閣樓去。

房間方方正正的，簡單地放置着一張小牀、一張小板凳和一個古舊的大木箱。牀邊有個窗子，小窗枱放了一束白薑花，綠白相間的馬賽克地磚，古舊而樸素，令人感覺很舒服。

「還認得這房間嗎？你小時候就在這裏住過的，牀舖是新換的，你把衣服都放在那衣櫃內吧。」外婆一邊教我把紗簾放下，一邊說：「我在牀頭掛了一簾紗，你睡覺時放下紗簾就不怕被蚊子叮了。」

「謝謝婆婆，我很喜歡這房間，這比我原來住的地方已

經好得多了。」我望着整潔的房間，這裏每件傢具的年紀都比我大。

「唉……委屈你了，都是你媽不好，只顧賭錢。」外婆頓了一頓，難過地説：「以後有什麼事，儘管跟婆婆説就是。」

「嗯，我會照顧自己的。」我也不願多説，只顧把衣物從行李箱拿出來。

「好吧，你先收拾一下，我正在準備你喜歡的餸菜，待會做好飯就叫你下來！吃過飯我們好好聊聊天！」看到外婆略顯佝僂的背影，我感到無奈，自己的媽媽竟然要令一把年紀的外婆擔心和照顧，可真是不該。

小時候的我常常跟媽媽回到塘福村短住，外婆一向都很疼愛我，時常把最肥美的雞腿留給我，又跟我説好多有趣的故事，所以我倆的感情很要好。

記得大約在六歲那年，爸爸離棄了我和媽媽以後，媽媽因為要外出工作所以常常不在家，把我獨個留在狹窄的家裏，從此，我就沒有再回到塘福村了，就連電話也沒有打過幾次給外婆。

我不知道爸爸為何要拋棄這一個家，只知道他的離開，是我黑暗生活的序幕。

我從小朋友不多，學業成績不算好，老師在成績表上對

我的評語都是沉默內斂，我的心事都只跟小狗多寶傾訴。望着多寶深邃的黑色大眼睛，任由天真無邪的牠安撫我的心靈。

兩年前，媽媽不知怎地沉迷上了賭博，而且長期欠下賭債。

我討厭回到門前油上血紅色「欠債還錢」的家，更害怕看到那些凶神惡煞、手腳畫滿各種猛獸圖像的紋身大漢。

最近媽媽為了逃避債主，於是拜託舅父接我回到塘福村，要我跟外婆住一段日子。我實在難以掩飾自己被遺棄的那份失落感覺，但我不能改變些什麼，只可默默地接受。

此刻，我推開窗子，眼底盡是一整片的藍，天空跟遠方的大海緊緊相連，令人有種説不出的舒暢，感覺煩惱都隨着雲朵輕輕飄走。待在大門口的多寶抬頭看到我，立即興奮地在原地轉圈吠叫。

回到塘福村開展我的新生活，我心裏有一點點忐忑，卻暗暗地充滿着期盼。

這幾天我被迫早起，鄉間的小鳥總是喜歡在別人的窗前展現歌喉；鄰家的幾隻公雞也輪流爬上屋頂雄偉地比拼啼叫；還有躲在草叢的蟾蜍，牠們的叫聲活像「打嘶噎」一樣，一直「嗝」、「嗝」、「嗝」，令我感到非常無奈。

外婆比我起得更早，天未光便起程到鄰近市鎮買來鮮魚鮮肉。我懶得走來走去，寧願留在大屋裏看無聊的電視節目。

在塘福村，每天的生活都像是沒有分別，假如天氣相差不大，昨天、今天與明天將無從分辨，時間就如失去羅盤的船舶，在無邊無際的大海中一直漫無目的地航行，倒是無聊。

看來多寶已經習慣了住在塘福村，牠早已認得餵食給牠的舅父和外婆，於是我把牠脖子上的麻繩解下，牠立即搖頭晃腦地舒展筋骨，就像重新得到自由一樣，圍着我蹦蹦跳跳的，高興得不得了。

午飯後，我帶着多寶跟着外婆到田野種田去，這塊田有半個足球場般大，一眼看上去非常齊整。左邊種了幾棵高大的木瓜樹，右邊則種了大白菜、小番茄、生菜和紅蘿蔔，一行一行的泥田上面鋪了尼龍網，還有一個挽着塑膠袋，穿上舊衣服的稻草人豎在田野中央。當有風吹過來，稻草人會轉來轉去，塑膠袋還會發出「呼啦呼啦」的響聲，看起來十足一個活生生的農民。外婆説稻草人是她做的，用來嚇走雀鳥和田鼠，防止牠們偷食種子和果實。

與時並進的外婆用的是有機種植方法，她把落葉、枯草，還有食剩的水果皮、菜葉統統留下來，堆在泥土內等發酵後作為肥料，果然，土地變得特別肥沃，瓜菜都生長得很肥美。

看着外婆巧妙地耕種，我也想一起幫忙，但當我拿起泥

耙後，竟是意想不到的沉重。

　　當我挖鬆泥土時，忽見耙上有一團顏色鮮嫩、外表皺巴巴的小肥蟲，牠輕輕顫動尚未長得壯健的四肢，像對着我伸懶腰，我頓時嚇得尖叫起來。

　　多寶聽到我的呼喊，飛快地奔跑過來，擺出一副凶悍的樣子，對着嫩蟲猛吠。

　　外婆見狀立即走過來，發現只是小蟲一條，説：「吓，你長得這麼高大，怕牠什麼？牠怕你呀！」然後用兩隻手指把小蟲拈起，扔到遠處去。

　　我問外婆為何要這麼辛苦地種田，而不去市場方便地買蔬果，外婆説她從小就種田，一直以來是為了養活一家人而勞動，靠一塊土地種出食物來吃、來賣，現在習慣了，一天不落田也渾身不自在。

　　外婆又説，她很喜歡種田的感覺，喜歡在窄窄的田塊上走，喜歡嗅泥土和植物混和的氣味，我看她坐在泥土上一臉滿足，頓時若有所思。

　　外婆堅持吃自家種的蔬果，她説只有自己種的蔬果才沒有化學農藥，是最健康的；我明白，外婆不是疼自己，她最疼愛、最重視的其實是家人，自己的辛勞並不算什麼，惟家人的健康她才最着意。

　　腳下的泥土雖然有點點髒，但看着一粒小小的種子發芽，

每一天在長高，最後長出一個又一個果實，我不禁對自然的奧妙感到驚歎。回到家裏，外婆把剛摘回來的茄子洗淨蒸熟，然後泡在冷水裏待一會，加入花生芝麻醬，做了一個涼拌茄子給我吃。這份久遺了的清新滋味，的確比從外面買回來的蔬菜更可口味美。

「一分耕耘，一分收穫」，若非親歷耕種的過程，相信很難感受當中的意義吧。

晚飯後，舅父告訴我已替我安排好在村內的學校插班上課，並遞給我一套藍白色的校裙和一疊課本，叫我明天到鄉公所附近的學校去。

舅父對人的態度從來都是冷冷的，對外婆更是呼呼喝喝，我雖然不值其所為，外婆卻也習以為常。

話說回來，我有點害怕上學，我自知是個不合羣的人，想到要重新認識一班新的老師和同學，感覺實在不太自在。

「多寶，如果可以跟你一起上學，你説多好呢！」我輕輕撫摸着多寶毛茸茸的背脊，發現牠的毛髮變得厚實強韌，體格也長得強壯起來，看來塘福村寬闊的空間讓牠得到充分的舒展，是個更適合牠的家。「你很喜歡在這裏生活吧！」多寶伸着舌頭豎起尾巴，陶醉地享受着我替他按摩。

畢竟，可以自由自在地在原野奔走，總比困在狹小的房間裏生活來得健康吧。

第二章

男校女生

　　第二天，太陽緩緩升起，薄霧淡若無痕地褪去，天氣暖暖的、懶懶的。我換好新校服，望着鏡子轉來轉去，白襯衣和藍裙子稍為寬大了一點，不過沒關係，我把裙帶從後面綁一個緊緊的蝴蝶結就好了。然後，我把及肩的頭髮梳成一條高高的馬尾辮子，轉一圈，覺得鏡子裏的女孩很好看啊！

　　吃過外婆為我煮的豐富早餐後，我便按照舅父口述的位置去尋找新學校。我心想，這條小小的塘福村只有數十間屋，應該不會迷路吧。

　　我從屋前的小路走上斜坡，穿過簡陋的小球場來到鄉公所，這裏有幾位老公公、老婆婆坐在門前的大松樹下乘涼。鄉公所的後面就是一片廣大的田野，當然，多寶一直體貼地跟在我的身邊。

面對新奇的世界，多寶總是精神奕奕的，不時四處張望、探索，間中找來一些短草吃。

開滿小黃花的田野，一朵擠着一朵，就像鋪了一幅黃綠色的地毯一樣，引來了許多蜜蜂找工作，一群蝴蝶翩翩起舞。一陣微風吹過，花香瞬間撲鼻而來，沁入了我的心脾，讓人陶醉。在田野的盡頭，我看到一棟矮小的平房，相信那裏就是學校了。三位年紀跟我相若的男孩在學校前的草地上圍在一起看着什麼似的。我好奇地走近他們，啊，發現他們也穿着與我同樣款式的校服，那不就是我的同學嗎？

突然，其中一位長得較瘦削的男孩發現了我，投來奇異的目光問：「喂，你是誰呀？」

我愣住了，一時來不及反應：「我……我……是來上學的……」

另一個頭髮像鳥巢一樣的男孩站起來，說：「哈哈！什麼？這間是男校呀！」

「男校？」我一臉尷尬，舅父怎麼要我入讀一所男校呢？

我低頭看看自己校服上的校徽，沒錯呀，校裙上的確印着跟他們一樣，塘福中學的校徽，莫非是這班男生在作弄我？

「先別理她，你們看蚯蚓爬出來了，嘻嘻，快把樹枝拿過來。」那小胖子蹲在地上緊張地說，然後大家也再次圍在一起，把頭靠在一起看。

我好奇地走過去，一看立即嚇得半昏過去。

那頑皮三人組竟然用樹枝切斷活生生的蚯蚓，可憐的蚯蚓分開幾段卻仍然痛苦地蠕動着，很是可怕，我彷彿聽到「吖吖」的慘叫聲。

就在此時，一位頭髮花白的老伯伯從學校裏走出來。

「校長早。」男孩們看到老伯伯立即肅然起敬齊聲叫道，小胖子更用後腳踢開那斷開幾截的蚯蚓。

「各位同學早。」老伯伯微笑回應，然後把視線轉向我。「你就是希茵吧。」

「是的，校長你好。」我也跟着大家，向着老伯伯禮貌地敬禮。

「大家快到學校去吧，開始上課了。」校長和善地說。

於是，我把多寶留在操場上，牠既驚又喜地抓弄着那分開了幾截、半死的蚯蚓。

校長推開破舊的木門，帶我們走進一間很大的課室，這課室只擺放着幾套像「咸豐年代」遺留下來的古舊桌椅。那高個子男生在牆上按下發黃的電掣，天花板上兩把吊扇便開始緩慢地旋轉，發出微弱的「吱吱」聲，一切就像是時光倒流般，回到幾十年前。

三位男生乖乖地走到自己的座位上，而我則被安排坐在胖胖的男生身旁。

校長輕輕搖動放在教師桌上古老的鈴兒：「各位同學，今天我們有位新同學，陳希茵。」校長繼續說：「希茵，歡迎你來到我們學校，我替你介紹一下，這個比你高的是樂言、那個戴眼鏡的是子恒、而胖胖的就是福水。」

三位同學向我望過來，露出奇異的目光。

校長繼續說：「希茵，我就是校長兼老師，樂言和子恒是中二級，比你高一班，你和福水就是同一班。由於學校的資源有限，你們四位同學被編在同一個班房，分開兩小班各自上課。」

「校長，塘福中學是男校吧，怎可以招收女生來讀書？」胖胖的福水舉手投訴說，似是不滿我這位插班生。

校長頓了一下，反應似乎慢了一點，然後說：「這間學校嚴重收生不足，早已由原本的三班減少至一班，如果學校再不收新學生就會被殺校了！」

福水撅起嘴巴，一臉不快，卻無言以對。

「沒問題的，校長，我們都很歡迎希茵同學，過多兩年我表弟柏言和他的同學就會升上這間學校來，我們又可以多一些同學了！」樂言說。

「那就好了，樂言是班長，你有什麼問題就向他請教吧。我會先跟樂言和子恒上課，你和福水自己備課吧，過一會兒鈴聲響起就到你們的課堂了。」校長對我說。

「嗯。」我點頭回應，把課本從書包取出來。

這所鄉村學校竟然把兩班不同年級的學生放在同一個課室裏，亦因為我的入學而令學校由男校變成男女校，再加上唯一的老師也就是校長，實在太不可思議了！縱使事實放在眼前，也很難令我相信有這樣的一間奇怪學校。

過了大約半小時，校長搖動桌上古舊鈴兒，説道：「各位同學，現在轉堂，樂言、子恒，你們先做剛才教授的作業；希茵、福水，現在是數學課，請把數學課本拿出來。」

一整天，校長共搖鈴八次，其中一次是小息鈴聲，我們兩班共上了中文、數學和常識科，最後一次是下課的鐘聲。

雖然校長外貌很和藹可親，又頂着個可愛的大肚腩，可是他總是不自覺地説着重複的話，加上他的聲調平板，令人有很想打瞌睡的衝動。當我一想到所有的科目都是由他親自操刀教授，我的腦袋就開始充斥逃學的念頭了。

回想從前，坐在後排的我可以在課堂上畫圖畫、打瞌睡，老師也不容易察覺。但在這小小的課室，校長對同學們的一舉一動都一目了然。莫説是在枱底看小説，就連望着黑板發呆也一定會被發現。唉……想着想着，我對往後的日子開始感到一些擔憂。

「鈴……鈴……」當校長宣布下課後，大家都高興地準備離開學校。

「喂，你跟我們去玩嗎？」樂言懶洋洋地打個哈欠，向我問道。

「玩什麼？」我悄悄地擦去眼角上藏着累透的眼淚。

「踢球呀，捉金絲貓呀、打噼啪筒、放風箏等等啦……我們每天放學也四處去玩呀！」樂言把頭向後仰，兩臂用力往上舉，做了一連串的舒展運動，彷彿被困在籠裏多時終於獲得釋放。

「我……」我猶豫着，心想從前的同學課後不是要趕去上補習班，就是上不同的興趣班，他口中說的這些到底是什麼玩意？我從來都沒聽過。

「樂言，你為什麼叫她一起玩呀？女孩子好麻煩的，又怕累又怕髒！」長得胖胖的福水好不勞氣地埋怨着，故作瀟灑地把書包一手翻到左邊的肩膊上。

「新同學，別理福水，不如你先回家放下書包，然後一起去石灘捉蟹吧！」樂言神采奕奕，抖動着眉毛說：「子恒，今天去捉蟹好不好？」坐在福水旁邊較瘦削的子恒點了一下頭，感覺他的個性比我還要內斂，整天也沒有說過兩句話。

「石灘？石灘在哪裏呢？」我好奇地問。

「怎麼你連石灘也沒去過？」樂言搔搔蓬鬆的頭髮，說，「我帶你在村子四處逛一下，認清方向吧！」

「你們得先做好家課才去玩呀！」原來校長正在走廊打

掃，聽到我們的説話探頭來告誡，似乎他還身兼校工一職！

「知道了！」樂言、子恒和福水吐了吐舌頭，一溜煙飛奔出去，我連忙追着他們走出去，在樹底熟睡中的多寶聽到腳步聲便豎起耳朵，翻身躍起來，活潑地擺着長長的尾巴。

踏出校門，子恒騎着單車一支箭似的向着另一方向飛奔去了。原來子恒住在隔鄰的水口村，他要花一段頗長的路程回家放下書包，換好衣服再過來塘福村。

「我就住在那邊啡紅色瓦頂的村屋，福水就住在鄉公所的後面。」樂言指着不遠處，説：「塘福村雖然只是一條小村落，但可以遊玩的地方卻多的是，你慢慢就會認得了。那邊就是球場，沿着球場一直往東走就到石灘，石灘上有一座洪聖宮，而連接着石灘的就是水清沙幼的海灘。」

「我來了整整一星期都只是留在家中，完全沒有到過這些地方呢！」我説。

「現在知道也未算遲，這個夏天，我們可以到沙灘游水、到石灘捉蟹掘蜆、到草原露營、野餐、燒烤、放風箏，還會到老虎潭爬石。」樂言興致勃勃地説，一邊向我介紹，一邊細心地教我認路，彷彿是一個盡責的導遊，推介着塘福村的景點：「你看那邊，只要穿過村頭那叢林，便會到達一條初級難度的水渠道行山徑，站在山頂可以看到絕世美景，是打卡的聖地；而在村尾往山路走到盡頭，就是塘福懲教所，聽

説曾經有囚犯逃獄，不過很快就被抓回去了。」

我的方向感一向很差，經常走錯路，一下子這麼多景點，我想要花多些時間才能記清楚。

在路上，福水沒有跟我説話，他只管走自己的路，憑我直覺判斷，他對我不太友善，就連再見也沒跟我説一聲。向來獨來獨往的我，一想到要融入他們，就開始感到有點兒吃力了。

回到家裏，外婆正在廚房做茶果，煙囱上升起一條灰灰的煙，爐火熏得大廳很悶熱。我走上房間放下書包，脱掉校服換上背心短褲子，吃過外婆的茶果後，帶着多寶來到球場找大夥兒。

説實在的，我從未試過跟一班同學一起外出遊玩，就是連到附近的快餐店一起吃東西也未試過。這刻，我感覺有點兒興奮，捉蟹呢，聽上去好像也很有趣似的。

過了一會兒，樂言和子恒帶着小鏟子來了，我們再去福水家跟他會合。

「福水，你帶個水桶來裝蟹吧！」樂言説。

福水找來找去也找不到水桶，於是到廚房隨手拿了個茶煲來。

天氣非常炎熱，火紅的太陽直照我們的頭蓋，我們穿過水渠路，向着石灘邁進。走了一會我們便已全身濕透，豆大的汗珠爬到我的前額和頸背，黏稠稠的，怪不舒服。往石灘的小路滿布細小的碎石，而且彎彎曲曲，我看見多寶不停地把舌頭吐出來消暑，真難為了牠呢！

不久，我們終於來到石灘，大大小小的石頭灑遍這個山頭，有平滑的、尖角的、細小的，也有比兩層樓還要高的，石塊堆積如山，非常壯觀。在一大片沙石的中央有一條小溪，溪水波光粼粼，清澈得可以看到水底的石塊，畫面就像成千上萬的水晶遍布在水面和水底一樣。

多寶一支箭似的往溪間奔去，四條靈活敏捷的腿前後交替着，牠一下子跳進水裏，泡在清涼的河水中並暢飲一番，消去炎炎的暑氣。

大夥兒開始四處搜索，他們脫下鞋子敏捷地爬過大石走入溪流中，彎身細心探索，雙手不時撥開小石頭，而我的職責就是保管茶煲。

「嘩！嘩！有蟹呀！」不一會，我們就聽到福水在一旁高聲呼叫。

福水翻開在水中的石塊後發現一隻小蟹，他拿起小鑊子把牠捉住，驚慌的小蟹爬得很快，拚命從鑊子裏逃走。

「快把茶煲拿來！」福水着急地叫喚着，小蟹快要從鑊

子手柄爬到他的手指上了，他把手盡量往後縮，神情顯得非常緊張。我立刻甩掉鞋子，飛快地把茶煲遞過去，冰涼的溪水浸過腳眼，頓時替我降溫，非常舒服。

粉紅色的小蟹十分精緻，牠只有一個硬幣般的大小，蟹鉗看來也很脆弱，半透明的外殼似是最新款的時裝。

「茶煲！」就在這時，樂言也從沙石中找到另一隻不同顏色的寄居蟹，小蟹立時想縮回沙裏，可是樂言已把牠一手撿起了。

我又匆匆地把茶煲拿過去盛載着。

「茶煲！快！」不到一分鐘，樂言又叫了，他發現了另一隻橙黃色的寄居蟹。

「茶煲！茶煲！有兩隻！」這次輪到子恒的呼喚。

「茶煲呀！這邊！」福水不認輸地大聲呼叫。

轉眼間，手上的茶煲已裝滿了十數隻小蟹和寄居蟹，牠們胡亂地堆疊着，努力想爬出茶煲，「哎呀呀……哎呀呀……不要呀！」我似是聽到牠們在呼叫。

我在他們三人之間不停地來回穿梭走了很多、很多趟。

「你知嗎？小蟹比你還機靈，牠們會悄悄地探出頭看動靜，所以要趁着小蟹還沒全身露出泥面，就要連沙帶蟹一起掘上來。」子恒低頭看着茶煲，托一托圓圓的眼鏡，一本正經地教我捉寄居蟹的技巧。

我放下茶煲，跟着子恒的做法，不久就真的掏到一隻小小的寄居蟹。

「哎呀！救命呀！」福水突然力竭聲嘶地尖叫起來，我們立即跑去看個究竟。

福水不斷地大叫，同時傻了勁一樣向着我們亂踢水。

原來，他用全身的力氣搬開大石，住在大石下的大水蟹一個翻身，轉到他的腳趾旁，毫不留情地夾下去，痛得福水大叫大跳！水蟹似乎沒有放「鉗」的念頭，福水用力揮腿也甩不掉牠，紅腫的腳趾掛着青色的水蟹，多麼有趣的畫面啊。

福水臉紅耳熱地更用力踢開水蟹，一個不留神滑倒在水中，從頭到腳全身濕透，我們被福水狼狽的模樣引得前俯後仰地大笑。

太陽開始下山了，天空就像換上一套橙紅色的晚裝，配襯着一條米白色、長長的絲巾。

整個下午在沙灘上跑來跑去，我們都餓壞了，於是子恒便提議回家去。我從水中走出來，發現腳趾都被溪水浸得皺皺的，就像哈密瓜的果皮一樣，十分有趣。

突然，我聽到一些美妙的聲音，張望四周卻沒有特別的東西。「你們聽到嗎？」我問。

「什麼事？聽到什麼呀？」子恒和樂言異口同聲問。

我低頭一看，在附近的水窪中，有幾點黑壓壓的東西滑

過，我好奇地查看究竟，聲音原來是從這些游來游去的小蝌蚪傳出來的。

「你們聽聽，牠們在歌唱呀！」我往水邊的大石上一蹲，拿着小鏟輕輕地插入水中，然後在水裏兜了個圈，把幾條又黑又小的蝌蚪掏上來仔細看清楚，牠們頭大身小的，好不可愛。

「你一定是聽錯了，蝌蚪是不會歌唱的，牠們長大後會變成青蛙，才會發出呱呱的叫聲。」子恒一本正經地説。

我沒有跟子恒爭辯，但，我的確聽到小蝌蚪在發出美妙的歌聲呢。

「快走吧！我才不要在這裏等到蝌蚪變成青蛙呢！」全身濕透的福水一臉沮喪，他一邊笨手笨腳地擰乾自己衣服，一邊撥弄亂糟糟的頭髮，再加上一副埋怨的嘴臉，惹得我們哈哈大笑。

從此以後，福水、樂言和子恒就忘掉我原來的名字，他們一致贊成替我起了個花名取而代之，叫我做「茶煲」！

我抱着茶煲，出神地望着小小的蟹兒。

這一天，是令人難忘的、意想不到的一天，令我開始有點期待以後的每一天。

第三章

蟲語的疑惑

　　初夏總是多雨的，在塘福村，雨要是一下起來就不會停的樣子，雨勢好不容易才稍弱一會，轉眼間又變得強勁起來。連續一星期，歪歪斜斜的雨不斷落在屋頂上，雨水順着傾斜的屋簷滑下來，在門前築了一道小瀑布。多寶在「騎樓底」的新居也被雨水沾濕了半邊，於是婆婆在門檻前放了一塊大毛巾讓牠歇息和保暖。

　　我倚着多寶坐在門檻上，呆呆地望着陰鬱厚實的天空，突然一道銀光從天空劃落，連接着天與地，隨即傳來刺耳的雷聲，膽小的多寶立時瑟縮在我的懷裏。

　　記得小時候，當我聽到雷聲就會大哭起來，然後，外婆就會抱我入懷、安慰我、逗我笑、說故事給我聽，過去的情景仍然歷歷在目。

「婆婆，為什麼會打雷呢？為什麼會閃電？」那個幼小的我哭着問外婆。

「希茵，要是有小朋友不把碗裏的飯吃完就會惹怒天上的雷公伯伯，他會伸手打這些小朋友的屁股啦，這就是打雷咯。」外婆抱着我，撫慰我的額頭，說：「米粒都是農夫伯伯辛勞的血汗，只要你以後不浪費食物，那就不會被雷公伯伯懲罰，也不用怕打雷咯。」

從那以後，我每次吃飯時都乖乖地把所有飯粒吃掉，也再不怕打雷了。現在，我已經長得比外婆更高，她雖然已經沒有力氣抱起我了，但這個故事，我仍然牢牢地記在心裏。

又過了幾天，雨好不容易才停下來，福水建議一起到森林去捉蟬。大家悶了很多天都很想出去玩，於是相約晚上到塘福村西面的禿鷹岩去探險。

吃過晚飯，我把多寶留在家裏，帶了電筒跟着大夥兒來到叢林。這時天色還沒有完全暗下來，面前一遍廣大的原野彷彿無止境地伸延開去。

我們從小徑一直走，旁邊的樹木一棵比一棵高大，昏黃的路燈亦越來越稀疏。風微微地吹，樹葉發出沙沙的聲響，森林的生物似是在竊竊私語，窺探着我們的一舉一動。

「你們看！」我指着森林入口其中一棵大樹掛着殘舊指示牌，上面歪歪斜斜的字跡模糊地寫着「危險，別內進！」

三劍俠完全不當是一回事。

「歡迎你們來到森林呀！」忽然一把清澈的聲音在我耳邊響起，嚇了我一跳。

「你們聽到樹上的聲音嗎？」我抬起頭望向黑壓壓的天空，卻看不到什麼。

樂言拿起電筒往上照，他擺擺腦袋說：「只是風吹着樹葉搖晃的聲音吧，不要多疑了。」

「不，我真的聽到樹上有把聲音說歡迎我們來這裏呀！」

子恒往四周張望，然後聳聳肩，沒有理會我繼續向前走。

「笨茶煲，你是不是看得太多童話故事？水中沒有懂得唱歌的蝌蚪，森林也沒有會說話的仙子。」走在最前面的福水好不勞氣地說：「都說女孩子極之麻煩，早就說不應該把你叫來！」

我心裏不是味兒，既然大家也不當作是什麼一回事，我惟有跟着大夥兒繼續走吧。

厚密的雲層阻擋着星光，前面的路再沒有路燈的指引，三劍俠對探險這個遊戲感覺既好奇又刺激，望着無邊際的森林，我卻有點兒害怕。

我小心翼翼地緊貼着大家的步伐，探索着前面的小路，樹木越來越茁壯茂盛，周圍的草木味道越來越濃郁。頭上樹枝縱橫交錯，前路越來越黑，我們幾乎看不見大家的身影，

大家手拉着手走着，在不遠處隱約看到一點點微光，於是走在最前頭的樂言帶領我們向着微光走去。

我們來到一個山洞，洞內點點星光非常美麗，細看之下，原來是成千上萬的昆蟲發出黃綠色的光，大夥兒都嘖嘖稱奇。

「這是什麼怪東西？牠會一閃一閃發光呢！」福水蹲下來在草叢間專心地研究着。

「是螢火蟲嗎？」樂言關上手電筒，舉頭仰望：「我在電視上看過外國的螢火蟲洞，跟這些蟲兒一樣，都是尾巴發光的。」

「對的，這些都是螢火蟲。」甚少說話的子恒，一手輕輕拈起一隻小蟲子仔細端詳，說：「看牠們的大小，應該是初生長的螢火幼蟲。」

「啊！我知道了，去年我跟爸爸到馬來西亞旅行時去過螢火蟲洞！對對對，就是這個樣子！」福水急不及待搶着說：「那個螢火蟲洞比這個更光、更亮、更大！導遊還跟我們介紹各種品種和牠們的習性呢！」

「很美麗呀！」這個螢火蟲洞布滿點點的黃光、綠光，就像鑲在黑鵝絨布上的鑽石般耀眼，我好奇地問福水，「你知道為什麼螢火蟲會發光嗎？」

「這……因為……因為……」福水一下子無言以對，硬着頭皮說：「因為……牠們是螢火蟲呀！」

　　「其實螢火蟲的體內有一種磷化物般的發光質，經發光酵素作用，會引起一連串化學反應，產生黃色、紅色或者綠色的光。」子恒托一托眼鏡，説道：「當牠們肚餓時尾巴會發出更強的光來吸引其他更小的昆蟲來作自己的食物，吃飽後，光便會漸漸減弱。」

　　我對平時沉默的子恒刮目相看，他表面是上一個架着厚厚眼鏡的書呆子，實際上，他真是個博學多才、學以致用的百科全書。

　　「哎呀！好辛苦呀！救命呀！」草叢裏傳來一陣微弱的痛苦叫聲，我立即走過去查看。原來福水正用手電筒照射草叢中的螢火蟲，令牠們慘叫起來。

　　「螢火蟲的成蟲在春夏季節出現，牠們很怕強光，日間會躲在葉底。」子恒關掉電筒，他輕輕托起載着一隻螢火蟲的葉子，聚精會神地看着發光的小生物，説：「成蟲壽命一般只有五天至兩星期，生命短暫而寶貴。」我們也立即關上電筒，山洞內的點點綠光漸變，有如夜空上的銀河，又有如成千上萬會發光的寶石。

　　這裏像夢境，也像仙境。最奇妙的是，在這個山洞裏，感覺就像被溫暖地抱在懷中一樣，很安穩、很幸福，令我想起我的爸爸，還有媽媽。

　　我記得曾經，我擁有一個溫馨的家，有疼我的爸爸和溫

婉的媽媽。

　　每一天，我從他們懷中醒過來，媽媽給我們做豐富的早點，爸爸帶我上學去。下課後，媽媽接我回去，細心教我做功課，爸爸在睡覺前總會跟我説故事，每一晚説一個千奇百趣的故事令我好好進入夢鄉。

　　如果時間可以停頓的話，我多麼想留住這溫馨動人的一刻，讓我有機會牽着爸爸媽媽的手，帶他們一起來感受這個奧妙的景觀。只一瞬間也好，我深信這溫暖的感覺可以喚起他們從前一起生活時幸福的回憶。

　　「捉到了！我捉到綠光螢火蟲了！」福水的高聲呼叫把我一下子拉回現實來。我轉身一看，發現他微微合十的雙手隱約透出綠色的光芒。

　　「哈哈，我要多捉幾十隻放在房間內照明！」福水脫下自己的背心，綁了一個結，束成小袋子包裹着螢火蟲。

　　「可是螢火蟲只能住在幽暗的森林中，牠們需要在河邊、池邊和農田等近水處棲息繁殖，牠們要靠微小的昆蟲和朝露才能生存的。」子恒煞有介事地説。

　　「那捉牠們作標本吧，反正牠們也活得不久。」福水繼續在草叢裏拈起一隻隻無力抵抗的小螢火蟲：「樂言，快來幫忙！」

　　一隻螢火蟲突然停留在我的肩膀上，在我耳邊低聲説：

「請你救救我的孩子吧。」我簡直不敢相信自己的耳朵，螢火蟲圍着我飛了兩個圈，我彷彿看到牠閃閃的雙眼流着淚。

「你……在跟我説話嗎？」我輕聲地向着螢火蟲説，生怕大家又怪我自言自語。

「是的，請求你放過我們吧。」螢火蟲誠懇地哀訴着。

啊，一隻螢火蟲在跟我説話呢！難道我真的有幻聽？

看見福水把一隻又一隻螢火蟲收在背心做成的袋子裏，站在我肩膀上的螢火蟲急得飛來飛去。

「福水，你快放下牠們吧。」我不管是否真的有螢火蟲在跟我説話，只想阻止福水傷害那些無辜的小生命。

「少管我！我捉牠們又關你什麼事啊？」福水大喝一聲，繼續活捉螢火蟲。

我知道大家不會相信我聽到螢火蟲的請求，如何才可以令他們放過螢火蟲呢？正當我不知所措之際，子恒走上前來説：「大家小心點，牠們的牙齒有毒，被咬了會全身麻痺，還會出紅疹呢！」

「什麼！你早些跟我説嘛！」福水和樂言立即停手，連忙把捉到的螢火蟲都倒出來，謹慎地撥乾淨背心。

在螢火蟲微弱的光芒下，我看到子恒微微對我點了一下頭。我明白他在説謊，這個善意的謊言只不過想令福水不要傷害螢火蟲罷了。我心裏非常感激，肩膊上的螢火蟲連忙飛

過去跟散落一地的小螢火蟲團聚。

　　知道螢火蟲會咬人後，福水和樂言都心急地想離開螢火蟲洞，我們正打算原路走回去，怎料突然刮起大風，下起傾盆大雨，大家趕緊拔足而逃。他們三個比我跑得快，我拼命追上去還是被他們遠遠拋離，泥地濕漉漉的，我一不留神給小石子絆倒跌在地上，擦損了膝蓋，連手上的電筒也跌壞了。

　　當我爬起來時發現已經不見了三劍俠的蹤影，我大聲呼叫，卻得不到回應。

　　我勉強撐着扭傷的足踝繼續向前走，雨越下越大，泥濘抓吮住我的鞋子令我舉步維艱。在黑暗中我分不清前路，只感覺四周變得怪異，森林裏的聲音突然變得陰沉，好像有無數凶狠猙獰的眼睛對我虎視眈眈，彷彿聽到豺狼在遠處嚎叫。樹木重重疊疊地聳立着，四周圍繞着下垂的枯藤、疙疙瘩瘩的樹根、黏滿屍體的蜘蛛網，以及無數張牙舞爪的樹枝。野草身上惡毒的刺把我肆意刮傷，草叢裏跳出的小昆蟲不斷吸啜我的血。

　　忽然，我聽到身後傳來「咔咔咯咯」的零碎怪聲，聲音由遠而至，我不敢往後看，我屏住呼吸，拐着腳步拼命向前走。全身濕透的我感到驚慌和害怕，我只希望儘快走出這恐怖的森林，眼淚卻忍不住往下流，混和着雨水，骨碌碌地掉在濕滑的泥地上。

迷糊之間，一點綠光在我眼前掠過，我不由自主地帶着疲累的身軀跟着牠一直走。

走着走着，雨勢漸漸弱下來，四周似是蒙上一層霧氣，令我覺得一切都不太真實。我發現自己來到湖邊。月光偷偷從灰白的雲層中鑽出來，一道銀白色的光輕輕照耀在湖面上，森林一下子回復生氣，彷彿讓森林裏的小精靈都動了起來。

平靜如鏡的湖面，倒映着水面上的一切，把整個世界美麗地顛倒了。湖堤上靜靜的垂柳偷偷劃過一絲微風，我站在湖邊看着這正反兩面的世界，感覺很奇妙，一時之間令我忘卻剛才的恐懼感覺。

就在這時，我發現草叢上黏着剛才的青碧光芒，細看之下發現原來是一隻小小的螢火蟲停在草尖上，映得掛着的細小露珠，變成一顆顆翡翠珠子。

「是你引領我到這裏來的吧！」我拭乾眼淚，揉着剛才擦傷了的足踝。

「是的，為了報答你剛才救了我的孩子。」殊不知牠竟然說出話來。

「我沒有聽錯嗎？你在跟我說話嗎？」我不敢相信自己的眼睛和耳朵。我心想，也許是常常自言自語的後遺症令我產生幻聽吧。

「是的！」螢火蟲飛過來，我伸出手讓牠停在我掌心中，

「只要你願意相信，你就能夠感應到我們的訊息了。」

我感到莫明的興奮，心想一定要把這驚天動地的消息跟三劍俠分享。

「這裏很美麗，到底是什麼地方？」我環顧四周，夜色在月光照耀下份外美麗，心裏一片溫馨，一片安靜。

「這裏是森林的中心，被強壯的大樹包圍着，你放心在這裏休息吧。」

「真的謝謝你啊。」我在牠指引下來到一棵很巨大的樹下，我倚着樹幹，彎曲的枝椏充當枕頭讓我舒適地臥着。

在這片幽靜的森林，螢火蟲一一為我介紹四周令人驚豔的昆蟲和精緻的草木。一雙蝴蝶從樹後飛出，情深款款地跳出輕柔的舞姿，樹木都伸出頭來，偷偷看着我這位冒昧的訪客。

「為什麼你會獨自來到森林呢？」一隻紫灰色的毛毛蟲突然從天而降。

我被憑空出現的毛毛蟲嚇得面色變青，好不容易才從驚嚇中回過神來，我發現這毛毛蟲是掛在一條纖細得幾乎透明的絲線上，絲線的一端固定在樹梢上，另一端則是垂下來在牠的嘴巴裏含着。

「我跟朋友一起來的，可是突然刮大風下大雨，我在回家的路上不小心走失了。」

「那，你父母呢？為什麼他們不過來找你？」螢火蟲好奇地問。

「我……我的父母都離開了我。」我心底隱隱刺痛。

「為什麼他們要離開你呢？你那麼令他們討厭嗎？」螢火蟲追問。

「他……他們……因為……」我沉默了好一會，這個疑問一直在我心裏膨脹，令我莫明地呼吸困難。「也許……他們不再愛我了。」

「那麼你就是被忘掉、被拋棄的人吧。」毛毛蟲搖頭，沿着絲線慢慢爬回原位，「多麼可憐的小女孩啊。」

被一語中的說出了心事，一道熱氣流從心坎湧上眼眶，苦苦的，但我努力地把淚水咽回去，對呢，我就是一個被遺棄的人。

「不要傷心，我們不是為其他人而活，只要你愛惜自己，就算被所有人忘掉都沒所謂。」螢火蟲飛到我的肩膀上安慰我：「你就好好在這裏睡一覺，相信明天會有好事降臨的。」

夜空的星星多得數不清，我倚臥在樹椏緩緩閉上眼睛，細聽着花兒的歌聲和清風吹奏的樂章，還有昆蟲們說不完的悄悄話，不消半刻鐘，我就帶着疲累的身體昏睡去了。

「喔喔喔……喔喔喔……」是誰在叫我？

「喔喔喔……快起來啦！太陽快要爬到屋頂了！」是鄰家的公雞在說話嗎？

當我張開眼，發現自己正躺在閣樓的牀上，頭上蓋着一條微暖的毛巾。我爬下牀，感覺頭重重、腳軟軟的。我走到窗前，外面的天氣很好，淺藍色的天空夾着幾片白色薄薄的雲兒。

是什麼時候了？我從牀頭櫃拿起手錶，已經是下午一時許，不得了，我忘記上學呢！

「婆婆，你為什麼不叫我起牀啊？」我沒氣沒力地走到廚房問外婆，着急地說：「我今天要遲大到了！」

外婆正在做飯，她彎下腰拿着湯勺攪拌着煲內的東西。「你睡醒了嗎？幹麼穿起校服唷？」外婆皺着眉反問：「舅父已替你向學校請假了，你快回到牀上好好休息一下吧。」

「哦？請假？為什麼呢？」我搔搔頭，不解地問。

「你一定是病到什麼也忘記了，你昨天在森林暈倒呢！真陰公！」外婆放下湯勺，走過來伸手探我的頭額。「唉，頭還有點點熱呢！要是你媽知道你病了，可心疼死了！」

「媽媽都不知去了哪裏，她不管我了。」我埋怨着說：「呀！我想起來了，昨天我在森林的湖邊睡着了。那，我是怎樣回來的呢？」

「昨晚子恒、樂言和福水跑回來村口時才發現與你失散，他們走回去森林卻找不到你，於是他們回來找舅父幫忙。」外婆給我倒了杯暖水，我才意識到自己口渴得很，接過水杯立即大口大口地灌下去。

「舅父帶着多寶去森林找你，找了很久，最後發現你全身被雨打濕，暈倒在大樹下，是他抱你回來的呀！」外婆搖搖頭說：「如果你整晚都留在森林，可能會被豺狼野狗吃掉呢！你以後不要再去禿鷹岩那森林了，太危險啦！」

「婆婆，對不起。」我回想起昨天的情況，內疚地道歉。

「一會兒你去跟舅父說一聲謝謝吧，他昨天看到你暈倒十分擔心呢。」外婆語重心長地提醒我。

「嗯。」我又再給舅父添麻煩，感覺不好意思。

「我煮了些稀粥，你先吃一碗再去睡吧。」外婆端來一碗熱騰騰的白粥，上面放了薄薄幾片酸瓜，軟綿綿的吞進肚子感覺非常溫暖。

多寶從屋外跑過來，用後肢撐起上身撲在我身上，牠側着頭默然看着我，擺出一副很擔心我的樣子。

「放心吧，我已經沒事了，謝謝你啊！」我蹲下來撫摸着多寶的毛髮，牠歡躍地舔我的臉。

吃過粥後，我便回到房間休息，我平躺在牀上望着天花板，不停地回想，究竟昨天聽到的、看到的是做夢還是真實

呢？倒掛在樹上紫灰色的毛毛蟲、發出碧綠色光芒的螢火蟲、會跳舞的蝴蝶、會演奏的清風，這些都是真實的嗎？想着想着，我在不知不覺間進入了夢鄉，我感覺身心有着從未有過的放鬆，好像把壓抑已久的負能量統統釋放出來。

到我醒來時，窗外泛着一片橙紅，黃昏已經到來。我的頭不覺得痛了，燒也退了，我正想出去四處走走，就聽到外面有人叫喚我的名字。

「陳希茵！大茶煲！」我睡眼惺忪地走到窗前探頭往下望，看到三劍俠正在屋前的花園向我揮手。

「茶煲，你沒事吧！」樂言放聲問道。

「我剛才吃了藥，喝了好多好多的水，現在好多了。」我的身體還未完全康復，雙腿有點累，只好倚在窗邊，用沙啞的聲音回應着。

「你啊，差點把我們嚇死呢！害我們被責怪了！」福水嫌棄似地説：「唉，以後還是不要帶你去玩了！」

「對對，茶煲實在太麻煩了，還是離她遠一點較好。」樂言和應着。

子恒默不作聲，只見他不斷地點頭回應，然後他們轉身就離開。

「喂！對不起，不要掉低我啊！我下次會小心呢！」我望着他們越走越遠，緊張得想立即哭出來，可是他們頭也不

回走了。正當我失望之際，三劍俠突然回頭聳聳肩，臉上露出鬼馬的神情，齊聲大笑：「你真好騙啊！」

「等你康復後，我們再一起去玩吧！」從福水口中聽到這句話，令我加倍意外。經過這一次在森林探險，似乎加深了大家的認識，而真摯的友誼就在不知不覺間建立起來。

晚飯後，我趁着舅父在前院乘涼，於是過去跟他道謝。

「舅父，昨晚謝謝你帶我回來。」我低着頭，戰戰兢兢地道。

「森林是很危險的地方，有毒蛇有野獸，今次沒事算你走運！」他毫不客氣地說。

「對不起，我以後也不會再到禿鷹岩去了。」我點頭說：「是呢，昨天你帶我回來時，有沒有看見發着綠色光的螢火蟲和紫灰色的毛蟲在我的身邊？」

「沒有。」他撥着扇冷淡地回應。

我忽然想把昨晚的事跟舅父分享，「舅父，昨天我好像聽到幾隻昆蟲在說話呢，我們……」

「發神經！昆蟲怎會說話？花也不會，草也不會，樹也不會，山和水全部都不會。」他氣沖沖地回到屋子裏，嘴裏一邊呢喃：「你跟你媽一樣，就是愛說什麼東西都會跟自己說話，簡直不知所謂！」

「跟我媽一樣？」舅父的話到底是什麼意思？我不由得

啞然一笑，難道媽媽跟我一樣也聽懂昆蟲的話語？不可能吧，我從來沒聽她對我說過。

　　於是，我走到大樹下找來幾隻黑色的大螞蟻，用手指擋住牠們的前路，試探着：「喂喂，你們好嗎？你們聽到我說話嗎？」螞蟻們沒有理會我，牠們把觸鬚互相觸碰，默默地列隊繞過我的指頭繼續向前走。想着看着，我更加疑惑了。

第四章

婆婆的堅執

　　不知不覺來到塘福村已經兩個多月了，一切也來得比想像中自然。只不過，令我感到最難過的，就是差不多每一天，我都看到舅父對外婆嚴苛地呼喝。有時是因為外婆早上到鄰村買東西遲了回來，有時是為了餸菜做得不合舅父的口味，也有時是因為一些芝麻綠豆的小事，而每次外婆總是默不作聲地忍受。

　　剛才，舅父又因為外婆忘記把剛買回來的汽水放進冰箱內而生氣，其實有什麼大不了？想喝時只要把冰塊加入汽水中便會冰涼了，為什麼非要責罵外婆不可？我靜靜地問外婆為什麼要對舅父萬般遷就，她卻總是維護着自己的兒子，說他如何有道理。

　　在這段日子裏，我發覺外婆做每件事都是為舅父着想，

她一世勞碌，卻又擺脫不了傳統老來從子的思想，我心裏挺難受的。

然而過了幾天，我終於明白她心甘情願忍耐的原因。

那天半夜，廚房傳來「嘭」的一聲巨響，舅父倒水時暈倒，打翻了水壺和水杯。外婆和我都驚醒過來，原來舅父的心漏病突然又再復發，暈倒在地上。一向冷靜的外婆也嚇得手忙腳亂，我倆用盡氣力扶起舅父，急忙召救護車把他送進村外的醫院去。

舅父住院期間，外婆每天早晚頻撲奔走好幾回，每到探病時間她就急忙走進病房為舅父張羅，不管舅父熟睡了也好，趕她走也好，她總是堅持待到探病時間完結才不捨地離去。

外婆的眉頭一直緊緊鎖着，焦急的背後是對兒子無限的牽掛，擔憂得連飯也吃不下，連她心愛的菜田都沒時間去打理，把所有的心神都投放在舅父身上。看到外婆終日為兒子的病奔波，加上她的年紀越來越大似是體力透支過多，我真的很擔心。

鄰家的王婆婆看到這情況也特地過來問候，她是外婆的老朋友，她們從年輕時就認識，數十年來一直互相扶持。王婆婆很喜歡我，説我那一雙圓圓的眼睛很好看，很像年輕時的外婆。她時常做一些茶果給我一邊吃，一邊告訴我當年的一些往事。

　　王婆婆說舅父小時候就得了心漏病，年幼時，他長得比一般孩子矮小，皮黃骨瘦的，常常沒精打采。我的外太婆就不停地怪責外婆，懷着舅父時沒有好好安胎，害他一出生就受苦。

　　其實很難怪外婆的，當時家庭環境不好，吃得少，做得多，更重要的是外婆在懷上舅父前曾經流產，身體還未完全復原過來。她每天大清早就要起來種田、放牛、餵雞、劈柴，還要洗衣服和做飯，從未間斷，母親營養不夠，腹中的孩子何來健康呢？由於當時遵從倫常長幼的理念，凡事都以家中長輩為首，就算有什麼委屈，也沒法子申訴。

　　外太婆也是存着重男輕女的思想，她很疼愛自己的兒子和孫兒，不喜歡外婆。於是她常常在舅父面前說外婆的不是，她多番阻止外婆接近舅父，然後誣衊外婆不關心自己的兒子卻偏愛女兒，令舅父自小疏離外婆和自己的姐姐。

　　我聽罷後整個人更覺沉重，明白各人也有根深蒂固的觀念，同時亦對現實感到很無奈。

　　樂言見一向討厭種田的我今天下課後竟自動自覺替外婆種田去，於是跟着我問箇中的原委。

　　「為什麼這個世界如此不公平？舅父對外婆態度那麼差，外婆還要這麼疼愛他？」我拿着鋤頭，用力地翻鬆泥土，把情緒發洩出來。

「圍村人一向都是重男輕女的嘛，我以前聽伯父説，什麼女人都要三從四德，從父、從夫、從子，四德就忘記了，所以你的外婆老來從子也是理所當然的。」樂言像隻小猴子般在田裏練習着側手翻。

「是誰訂立的規矩？很迂腐的思想呢！」我對這種奇怪的文化實在不明所以。

「是祖先吧！這是很久很久以前就訂下來的規條。在圍村，兒子可以繼承丁屋，可以分太公的豬肉，相反女兒則會外嫁，會被視為外姓人，不太受重視的。」樂言聳聳肩膀，擺出一臉就是如此的樣子。

「真是可怕的習俗啊！難怪媽媽當年要搬出圍村呢！」我沒好氣地説，躡手躡腳地把菜苗豎着放入坑裏，再把坑填平。

「各處鄉村各處例，沒有可怕不可怕的吧！」

「你是男性，當然會贊成這種思想，我可不要這種傳統，我將來不會嫁給無理的圍村人！」我向他作了個鬼臉。

「這你可少擔心，沒有圍村人願意娶你這個麻煩茶煲呢！」鬼靈精怪的樂言偷偷笑説：「不過，現在的圍村已經改變了許多，至少現在男人跟女人也可以進入祠堂，可以同桌吃飯，可以讀書，還可以擁有投票的權利呢！」

相比外婆年輕時那個年代的女性，現在的確改變了不少，

但是，這就足夠了嗎？一想到外婆的一生都要服從家姑、丈夫和兒子，連反抗的本能也忘掉了，我就感到很心酸。對於不公平的現象，很多人會習以為常，我卻不可以，我把不服氣都埋藏在心中，以沉默對抗着。縱使我改變不了眼前的傳統，同樣地，大家也改變不了我的想法。雖然我對外婆的守舊有點不滿、不解，但無奈作為外姓子孫，住在圍村寄人籬下的我並不能做些什麼。於是，與比較了解我的樂言訴訴苦，就是唯一可以令我紓解鬱悶的方法了。

「好了！終於完成了！」我站直身子按着有點酸的腰，期待着這些菜苗漸漸茁壯成長。

「怎麼你種下的菜苗都擠在一起，歪歪斜斜的，要保持距離的啊！」樂言檢查着我的傑作，「你看，泥土還沒壓緊，怎麼行！」

「好累呢！蹲着大半天種菜，我的腿都麻了！」我埋怨着。

「我替你挖起來重種吧！」樂言看不過眼，拿走我的鋤頭，似模似樣地翻着泥，一點也不兒戲。

樂言個子高大，為人幽默有趣，富正義感，樂觀開朗，喜歡隨處玩耍，是個有趣的傢伙。表面上，樂言常常笑我是個笨蛋，但事實上他在我失落時就會充當我的大可可，替我分憂，我真的很感激他。

「你看，這才像樣！」他用手臂抹去額頭上的汗，看着整齊的菜苗滿意地笑了。

「好吧，我承認你比我更適合當農夫！」我笑說。

「你得承認我做什麼也比你強！」

「才怪！」

「來吧！」樂言忽然想起了什麼，他放下鋤頭說：「我帶你去一處地方吧。」

他一把拉住我的手，起勁地跑出去，我們穿過球場，爬了一小段山坡，來到一望無際的平原上。

「送你一幅畫吧！」樂言與我並肩坐在草原上，望着一片廣闊的天空與海洋。

此時，夕陽漸漸西沉，漂浮在天空的雲彩伴着金燦燦的晚霞，原本蔚藍的天空不經意地換上紫紅色的晚裝，彎彎的月兒隱隱掛在天邊，這不單只是一幅美麗的圖畫，更是一套不可思議的魔術。

我們的面孔都被映成粉紅，一下子，心裏的不快隨着日落消失得無影無蹤。

　　不久，舅父終於出院了，外婆的「川」字眉頭才緩緩展開。

　　生活在塘福村，圍繞在我身邊的都是最重要的人，我的外婆、舅父、樂言、福水、子恒，還有我的多寶。在搬過來之前，我一直擔心自己能否適應這種鄉土氣息的生活模式，現在，我發現看似是平淡的生活，卻比外面的世界更多姿多彩。

　　相比起玩電子遊戲機，看電視電影頻道，我們幾個好朋友更喜歡動腦筋自創遊戲，隨意一條橡皮筋，一枝樹椏、一堆石頭也可以玩得很開心。即使在上學的小息，我們亦會把握有限的遊戲時間，玩挑竹籤、比拼繞口令、跳橡筋繩、猜東南西北等等。

　　市區的孩子也許會笑我們，當大家都埋首在手機和電腦的同時，我們卻在玩這些老土的玩意。事實上，我感覺這些玩意更益智、更有趣，更能帶給大夥兒愉快的笑聲。

　　記得最有趣的一次，我從外婆的田裏挖了幾個剛成熟的蕃薯，樂言他們用舊報紙包裹着蕃薯，然後塞入變硬了的牛糞內點火燴熟。不久一陣香氣傳出來，三劍俠豪不客氣地撕開蕃薯皮，大口大口地吃下去。但即使再美味，我可也不敢嘗試！

我在想，如果從來沒有這樣的童年，我的生命就彷彿欠缺了些什麼。

　　望着藍藍的天空，深深吸入一口沒有污染的空氣，我感覺自己已經完全屬於這個簡單而寧靜的世界了。

第五章

火龍活現

適逢一年一度的舞火龍慶典將會在隔鄰的水口村舉行，子恒邀請我們今晚到他的家中作客，晚飯後一同到祠堂外看舞火龍表演。

我從未看過舞火龍，但單是聽到這三個字已經覺得新鮮有趣。

下課後，我把慶典這件事告知外婆，叫她跟我一起去欣賞表演。可是她說要留在家中照顧舅父，叫我跟同學們一起去湊湊熱鬧。臨行前，她到田裏摘下兩個新鮮的木瓜，吩咐我送給子恒的家人。

樂言的表弟柏言也跟着來，我們四人騎着單車，浩浩蕩蕩地向鄰村衝過去。個子小小的柏言只有八歲，是個好動的鬼靈精，整天嘻嘻哈哈地說個不停，帶給大家熱鬧的氣氛，

但同時他從不間斷的發問卻又令我們感到煩擾，所以我們都叫他做「問題兒童」。

大家都是首次來到子恒的家，原來他住的並不是傳統的圍村古老大屋，而是新建成的西班牙式三層高洋房。淺藍色的瓦頂，米白色的牆身，連接着露台的是一塊大落地玻璃，花園鋪滿翠綠的草皮，豎着一個小小的紅色信箱，大門旁邊吊掛着一籃彩色的小花。大屋的格調幽雅，驟眼一看，以為自己置身在外地一樣。

一位精神抖擻的老人家從屋內步出花園來，帶着微笑向我們問好。

「你們好嗎？我是子恒的爺爺。」老人家趕緊拉開雕滿細花的白色木欄杆請我們進去。

「子恒爺爺你好，打擾了。」我們齊聲說。個子高大的子恒爺爺穿了一件貼身的運動衣，雙臂露出結實的肌肉，跟瘦弱的子恒有着很大的分別。

「呵呵，歡迎你們啊，你就是福水、樂言、柏言和希茵了吧！」他客氣地逐一跟我們握手問好。

「為什麼你這麼厲害，一眼就分辨到我們？」天真的柏言樂透了，指着子恒爺爺的臉淘氣地問：「怎麼你的鬍子這麼奇怪，在嘴角往上翹呢？」

「呵呵！柏言果然是問題兒童，你的問題我要好好思考

一下，你們快進來吧！」子恒爺爺咧開嘴巴笑着説。

「這些木瓜是我的外婆親手種的，希望你喜歡。」我把木瓜遞給子恒爺爺。

「希茵很乖巧呢，又漂亮，又有禮貌，難怪子恒每天都提起你呢！」子恒爺爺接過又大又重的木瓜，歡喜地説。樂言和福水投來怪異的笑聲，我的耳根頓時燙熱起來，靦腆地微笑着。

我們走進大廳，這裏的裝飾充滿着歐陸風味，西方的油畫、花布沙發、白木餐桌，牆角還擺放了一座光亮的黑色三角大鋼琴。

「子恒爺爺，你的屋子和傢俬很特別啊！」柏言瞪起眼睛四處張望：「你在哪裏買來的？是不是很名貴呢？」

「我在很小的時候就已經離開了這條村子到外國留學去，一去幾十年，直至三年前，我才帶着子恒回到這裏，傢具都是從外國運回來的，特別有紀念價值。」子恒爺爺自豪地説，一邊撥弄着他嘴巴上的「二撇雞」。

未幾，一陣今人垂涎欲滴的香氣撲鼻而來，貪吃的福水鼻子比多寶更靈敏，雙腳飛快地走向香味的源頭。

「嘩！你們快來看……」隔着玻璃門，福水好像看到什麼令人驚訝的事情。

「怎麼了？」樂言跑過去看個究竟，「子恒？」連樂言

也生出難以置信的神情，我和柏言也立即走過去看個究竟。

我們透過廚房門的玻璃看見子恒竟然掛上圍裙在做菜，他的刀法俐落，手勢純熟，不消一會就把長長的茄子均等地切成十幾段。

「你們來了啊！」子恒回頭看到我們，然後把鍋子蓋好，把爐火轉小。

「魚香茄子！蝦仁炒蛋！」福水嘖嘖稱奇，猶如一匹餓狼，一閃身走入廚房，伸手偷偷拈起一隻蝦放進他那滿布蛀牙的嘴巴裏。

「還有我最喜歡的腐乳通菜和梅菜蒸肉餅呢！」樂言也走進廚房來，讚歎大叫。

「嘩，很香濃的青紅蘿蔔豬骨湯呢！」我打開煲蓋，傳出一陣肉香。「子恒，都是你做的嗎？」

「對啊，這都是子恒親手做的，我沒有幫忙的啊！」子恒爺爺搶着回答，把餸菜一碟碟端出客廳去，讚賞地説。

「子恒哥哥，魚香茄子很香呢，是怎樣煮的？你到底在哪裏學做菜的呢？你長大後會當廚師嗎？你喜歡當中廚還是西廚？你會不會開餐館？」柏言一口氣追問子恒。

「子恒，原來你這麼厲害！真不可思議！」樂言也感到相當意外，他張開嘴巴，由衷佩服廚藝了得的子恒。

「沒⋯⋯沒什麼了不起吧。」被眾人七嘴八舌地稱讚的

子恒顯得一臉尷尬,臉紅耳熱地迴避大家的讚美。

「子恒從小就喜歡做菜,常常發表對食物味道的偉論,廚房早早就屬於他的了。」子恒爺爺舔舔舌頭說:「我的早、午、晚各餐都是由他一手包辦的呢!」

子恒爺爺長着一張圓圓的臉,他一頭微卷的銀髮充滿光澤,雙眼帶着自信,無論是外貌或個性都跟子恒南轅北轍。子恒寡言害羞而他的爺爺則幽默健談,子恒爺爺說話很風趣,常常做出誇張的表情逗人發笑,言談之間令人感覺很親切,很舒服。

這頓飯,我們各人也吃得津津有味,每一道菜都做得相當有水準,想不到平日少說話的子恒竟然做得一手好菜,我們都十分佩服。

晚飯後,舞火龍的時候還未到,我們一邊吃鮮甜的木瓜,一邊聽子恒爺爺跟我們說這個舞火龍習俗的歷史。原來舞火龍這傳統已經流傳了幾百年,相傳最主要的用途是為了辟邪。

「傳說,幾百年前這條村子不幸出現一條 large python,村裏的家畜全都被吞食,無一倖免!後來也有無辜的小孩遭毒手,於是村民施計引那條 large python 到一間屋子裏。」子恒爺爺雙眼骨碌骨碌,故作神秘的模樣,他說話時竟然夾雜着一些深奧的英文,他的英語水平這麼好不禁嚇了我一跳。

「啦……拿住什麼?」福水抓抓頭,問。

「Large python 即是大蟒蛇的意思。」子恒連忙解釋說。

「對對……是大蟒蛇,我一時忘記了『大蟒蛇』,thank you 子恒。」

「大蟒蛇有多大?有這張桌子般大嗎?還是再大一些?是什麼顏色呢?牠幾歲?是雄還是雌?」柏言愛發問的本性又出現了,打斷了子恒爺爺的故事。

「別吵了!再吵吵鬧鬧就趕你出去!」福水指着柏言狠狠地說:「你自己回去塘福村吧!」

柏言向他扮個鬼臉,沒有答腔。

「子恒爺爺,請你繼續說吧。」樂言道。

「於是,村民就用美食引誘大蟒蛇,把大片大片烤好的上好肉塊放在神台前,讓大蟒蛇痛快地吃個飽。」子恒爺爺把雙手握在自己的頸上,裝出幾乎要窒息的痛苦。「大蟒蛇吃完後感覺肚內劇痛無比,倒在地上滾來滾去,最後更死掉。原來村民早已把毒藥混合在肉塊上,務求把牠毒死。」

「哎呀,不得了!」柏言雙手緊捉着他的表哥,擔心地說。

「當然可怕的事隨即發生啦!翌年,村內發生嚴重的瘟疫,造成很多很多村民傷亡,許多壯丁也逃不掉厄運。」子

恒爺爺一邊説，一邊手舞足蹈的，非常投入。「於是，村民把得道高人請來消災，高人説大蟒蛇本是龍皇之子，龍皇子一時貪玩來到凡間，卻慘被毒死，龍皇因而非常憤怒，於是降疫症以示懲罰村民。」

我們全神貫注地聽着子恒爺爺講故事，思緒都跟着故事情節遊走。

「龍皇就是海上的皇帝嗎？」柏言忍不住問。樂言豎起食指放在嘴邊，示意柏言保持安靜，柏言偷瞄了一下福水，連忙把雙手用力掩住自己的嘴巴。

「對對對……」子恒爺爺點點頭，繼續説：「村民知道闖了大禍，無不擔心和後悔，後來，那位得道高人教村民用香火製造火龍，連續三晚在龍王廟前拜祭就可解脱這場災難。村民照着去辦，疫症隨後消失了，而這習俗就流傳至今。」子恒爺爺説故事非常動聽精彩，他嘴巴上的鬍子隨着説話的節奏上下擺動，十分有趣。我心想，如果校長上課時也跟他一樣有趣，我們必定會更加專心上課呢。

「子恒爺爺，你離開了村莊這麼久，為什麼還這麼清楚村中的歷史？」柏言搔搔頭，好奇地問。

「呵呵，小朋友，書中自有黃金屋，你沒有聽過嗎？」子恒爺爺反向柏言道：「所以你要努力唸書啊！」

「爺爺最喜歡考古，還有研究中西方的歷史，你看，那

邊的大書櫃裝着的全都是他的歷史書。」子恒指着一個有五層高的大書櫃説。

「很厲害呢！原來你是個歷史學家，不如你過來我們學校當老師吧！」我認真地提議。

「歷史藏有很寶貴的智慧，教懂我們許多許多道理，我們只能活一次，但讀歷史令我們好像活了很多次。」子恒爺爺為這個興趣感到自豪。

大家點頭認同。

「時候差不多了，我們一起到祠堂看舞火龍表演吧！」子恒指着掛牆的大鐘説。

於是，我們懷着興奮的心情來到祠堂前的空地，祠堂前搭建了一個大牌區，插滿了七彩的旗幟，路邊有售賣椒鹽雞翼、汽水的叔叔，也有賣燈籠和蠟燭的伯伯。

這裏早已站着許多等候的村民，有老人家、小孩子、青少年，還有許多強壯的表演者，就像是所有村民都走出來湊熱鬧。我們好不容易才找到一個沒有被遮擋的位置，大家也很期待這個舞火龍慶典。

十幾個村民正在祠堂前把紮好的火龍加工，不斷在龍身的空隙上加插燃點的香枝。火龍身是用稻草紮成的，約有兩個我那般高；火龍頭部是由藤條屈曲為骨架；兩隻眼睛是紅燭；火龍的舌頭是漆紅的木片，而引火龍的龍珠則是個插滿

香枝的西柚。

　　拜過了神，舞火龍慶典在一輪喝采聲下正式開始，整條火龍身上都插滿香枝，幾十位壯士齊聲數一、二、三，便合力抬起火龍。

　　打鼓的人坐在一架掛滿彩燈的木頭車上，「咚、咚、咚」地打出氣勢如洪的鼓聲，幾位壯士推着木頭車浩浩蕩蕩地跟着火龍走。

　　火龍起動了，龍頭左搖右擺地扭動着，燃點着的香枝發出橙紅色的光，火龍搖動時產生光影，一條活龍活現的火龍栩栩如生，跟着旋轉着的火龍珠大搖大擺地向前走，很快便來到我們的面前。

　　「嘩……火龍來了！」福水看到火龍聲勢浩大地向他衝過來，嚇得雙腳不自主地往後退。

　　「火龍很威武呢！」好動的柏言撲出去追着火龍，樂言和我二人四手連忙把這隻脫韁馬兒拖住。

　　我們都被火龍的英姿吸引着，火龍每一個姿態都有獨特的名稱，「升龍在天」、「搖龍歸洞」、「龍歸滄海」等等，場面非常震撼，我們幾個都感到異常興奮。

　　舞火龍的人齊聲吶喊，加上鑼鼓助慶，現場氣氛即時熱鬧起來，村民開始跟着火龍奔跑，由村頭走到村尾去。

　　最後，我們和一大班村民跟着舞火龍隊伍把火龍恭送到

沙灘上，待龍身的香枝燒完，慶典正式完結，村民排隊把燒剩的香枝摘下帶回家，寓意好運降臨。我也順道帶了幾枝香枝回去，希望舅父早日康復，外婆身壯力健。

　　一家人平安健康，簡簡單單不好嗎？這可是我一直以來唯一的心願。

姨姨的情人

　　轉眼又過了兩星期，下個月就是外婆八十大壽了，麗芬姨姨特地向公司請了長假回來塘福村探望外婆。麗芬姨姨是位跨國公司的設計師，常常要往返不同地方工作，每年也只會回來塘福村一兩次，我也許多年沒見過她了。

　　大清早，外婆就到鄰村買菜，準備最豐富的餸菜迎接麗芬姨姨。可是這一次，當外婆看到麗芬姨姨時，一份不安的心情隨即湧至，眉頭不期然地皺了一下。

　　穿着一套粉紅色套裝的麗芬姨姨捧着一大袋禮物回來，一位體型高大、一頭淺啡色微微曲髮的外國男士拖着兩箱行李跟隨在她的身後。

　　「媽，我回來了！」麗芬姨姨興奮地走到外婆面前。

　　「累了嗎？坐了很長車程吧，他是你的朋友嗎？」外婆

微笑着指着那個外國人問麗芬姨姨。

「是的，他叫 Alan，是我的朋友，他很喜歡中國傳統文化的，我特地帶他來塘福村參觀一下。」

「Hello Ma！『呢……浩』。」外國人非常熱情，一見外婆就親她的臉頰，弄得外婆非常尷尬。

「媽， Alan 是英國人，他很風趣的，我已教了他好幾星期中文，我相信你們會相處得很融洽。」麗芬姨姨挽着外國人的手臂，補充説。

「啊……阿倫……哈佬。我待會收拾一下客房給他住吧。」外婆點點頭説。

外婆當然不懂英文，但聰明的她早已在電視節目中學懂幾句簡單的英語。對着陌生的外國人，外婆明顯地感覺不自然，但仍友善地向他微笑。

「麗芬姨姨！」我從大廳走出來，叫道。

「希茵？你長高了許多呢，再不是胖嘟嘟的小娃兒，是個漂亮的少女了，我不知你在塘福村，沒有帶你的禮物來啊！」麗芬姨姨摸摸我的頭，從頭到腳打量着我。

「見到你就好了，我不需要禮物，阿倫叔叔我給你們倒杯茶吧。」我轉身就走到大屋裏去。

舅父也走了出來，看到麗芬姨姨和外國人。

「哥。我剛從美國回來，請了一個月假，慶祝過媽的大

壽後才走。」麗芬姨姨説，從袋子裏取出一盒禮物出來，「這是送給你的。」

「我什麼也有，用不着破費。」舅父接過禮物，看也沒看就擱在桌子上，轉身走回大屋裏。他貫徹冷淡的語氣，對身邊的人事都擺出一副毫不在意的態度。

放下行李，麗芬姨姨帶着阿倫參觀塘福村，阿倫對塘福村產生濃厚的興趣，看來他很喜歡古老的大屋設計，也很欣賞傳統廟宇和祠堂。

我隱約看見外婆偷偷地歎氣，雖然她沒有在麗芬姨姨面前表露不滿，但從她的神情來看，她似乎是不太高興。我感到奇怪，難得麗芬姨姨回來短住，為什麼外婆會感到不開心？

此時，隔壁的王婆婆拿着一樽汽水走過來，一邊大口大口地喝，一邊問：「剛才那個是麗芬嗎？」

「是啊，麗芬回來住幾星期吧。」外婆語重心長地説：「你有糖尿病啊，醫生着你不可喝甜的你又不聽，看遲些又得到醫院去住上半個月！」

「天氣熱，不喝不舒服。」王婆婆立即多喝兩口，「麗芬帶了男朋友回來嗎？」

「天曉得，『鬼佬』來的，算是朋友吧。」外婆的愁容明顯地流露出來。

「哎呀！真的是鬼佬嘛？剛才我在天台曬衫看不清楚那

男人的模樣，以為是染了頭髮而已，果真是鬼佬來的嗎？」王婆婆驚奇地説。

外婆默不作聲，腦海像是在盤算着什麼似的。

「鬼佬也不錯呢，麗芬年紀不小了，要是好人家的話就快些拉埋天窗了。來年是結婚的好年頭，説不定下年給你添一兩個外孫子呢！」王婆婆笑咪咪地説，她的兒子剛在去年結了婚，孫子過幾天即將出世。

「呸，要是真的跟鬼佬生小孩的話，將來小孩會似『人』多還是似『鬼』多呢？我都不敢想像了。」外婆終於忍不住搖頭，暗自歎息。

「嘻嘻，我們管不了後生的一代了，現在跟鬼佬拍拖結婚也沒有什麼大不了，你以為還是我們那古老年代？」王婆婆笑着説：「唉，從前我們的村莊被日本仔攻打、被洋人入侵，村民才會反抗外國人。現在社會變了，沒有分種族國界的了。」

「事不關己，己不勞心，你當然説得輕鬆啦。」外婆沒精打采地説。

「你還是看開一些吧，讓後生的自由發展啦。」王婆婆繼續説：「再者，聽説外國有很多總統、領袖、名人不都是『混種』來的，不，現在他們叫『混血』兒！

外婆若有所思，頓了一會，説道：「哎，我還未煲湯，

我得趕緊做飯，不跟你聊了。」

「對啊，我也要回去繼續煮豬腳薑醋，哎，忙死了！嘻嘻！」王婆婆說完，轉身就走回隔壁去。

今晚，外婆準備了非常豐富的餸菜，大家吃得很開心。最令我意想不到的是，阿倫竟然懂得用筷子夾菜，而且姿勢非常正確。

聽說外國人都不接受吃動物的內臟及足爪，怎料阿倫把豬紅、鴨舌、雞腳及雞腎都統統吃光，而且吃得非常滋味，看來他的確非常喜愛我們的文化。

阿倫對麗芬姨姨非常尊重，每一件事也徵詢麗芬姨姨的意見，他對外婆、舅父和我也很客氣有禮，加上總是笑臉迎人，令人感覺親切。不過，可能始終大家言語不通的關係，大家對阿倫也保持一段距離，除了點頭微笑外，也沒有多說半句話。

第二天，天未完全光，鄰家的公雞還未啼叫，阿倫已經起來在前院跑步。

「你睡不着嗎？」一向早起的外婆看到阿倫，把雙手合上放在耳邊，側着頭，裝作睡覺的模樣。

「Morning！」阿倫伸個懶腰，笑着搖頭，他捂着嘴唇發出「Vee⋯⋯Vee⋯⋯Vee⋯⋯」的聲音，兩眼溜溜地轉動，然後舉起右手，把手指黏在一起在空中慢慢轉動，然後「啪」

一聲，張開手掌拍打在自己的臉頰上。他重複幾回這個動作，好不有趣。

外婆想了一會，不由得「嘻」的一聲笑了出來。

「我明白了，你是說睡覺時有蚊子叮你吧，今晚給你一個蚊帳，你就可以好好睡一覺了。」外婆張開手，在自己的頭頂畫了一個跟自己一樣大的三角形，然後舉起大姆指，再闔上眼把雙手合上放在耳邊。阿倫非常高興，連聲說：「借借……借借……」

當麗芬姨姨起來時，阿倫正在廚房跟外婆學做茶果。外婆把麵粉加入水和糖，巧妙地搓成麵團，又把麵團起勁地往桌面壓。阿倫依照外婆的做法不敢怠慢，但他笨手笨腳的，麵粉都跑到他的臉上去。

「Good morning sweetheart!」阿倫看見麗芬，情不自禁地牽着她的手。

「你們在做什麼？」麗芬姨姨好奇地問。

「剛才阿倫跟我到鄰村去買菜，他看到小販賣的茶果很特別，很感興趣的樣子，於是我便教他做啦。」外婆拿起一團麵團捏成圓形，再用手輕輕揉搓，使它變得柔軟，而阿倫則聚精會神地學習着。

「你們一起去買菜嗎？他跟着你去？」麗芬姨姨眨了眨眼睛，擺出一副難以置信的樣子。

　　「是啊，他昨晚被蚊子叮得睡不穩，比我還要早起，於是我帶他一起去買菜。」外婆接着說：「他氣力很好，一手扛起十斤白米和幾支醬油。」

　　「It's very interesting! I like it so much!」阿倫跟着外婆把壓平的麵團放在掌心，在中央加入花生和片糖，然後小心翼翼地包裹着，放在預先切割好的蕉葉上。

　　外婆拿起阿倫做的茶果，點了一下頭，示意製成品合格。她把茶果搬到竹籐蒸籠上，放入瓦窰內去蒸。外婆指着大鐘，舉起三隻手指，對阿倫說：「OK!」，然後收起手指放到嘴巴前，做出咀嚼的模樣。

　　阿倫看看大鐘，現在是十一時，問麗芬姨姨說：「to steam fifteen minutes?」

　　麗芬姨姨點頭說：「That's right! You both very smart!」

　　麗芬姨姨看到兩人只用身體語言就能溝通，不禁驚訝，她知道外婆漸漸接受阿倫，終於放下心頭大石，她心想，是時候把自己的心意對外婆好好交代了。麗芬姨姨也留意到外婆的背影比以前蒼老多了，令她回想昔日跟外婆一起生活的片段，心裏泛起一陣酸澀的感覺。

　　這星期，阿倫大部分時間都是跟着麗芬姨姨，但當麗芬姨姨忙着時，他就會自己四處去看看，村內的人對外國人也

抱着不同的意見，而懂得跟阿倫溝通的村民就少之又少。

　　我的英文水平也不算好，只能跟他簡單地聊天。有一次，他主動要求我帶他去學校參觀，三劍俠都很喜歡他。待我們放學後，還跟我們幾個孩子一同玩「射啪啪槍」呢！看來，阿倫似乎很喜歡塘福村，他每一朝都會去大廟上香，他覺得入鄉必要隨俗，看得出他非常尊重這裏的傳統禮節。

第七章

追溯舊日足跡

　　星期天，阿倫約了我和三劍俠釣魚去。

　　這天天氣晴朗，我們向舅父借來一艘舢舨，撑到附近的小島去。子恒從小在外國生活，他的英語比我們好得多，於是他就順理成章成為了我們的翻譯員。

　　子恒流利地跟阿倫交談，他們的對話速度快得幾乎令我聽不懂。一直以來，我以為子恒不愛説話，原來他以英語作母語，所以不太懂得用中文表達自己才比較少説話而已。

　　子恒翻譯説，阿倫到過很多地方，但一來到塘福村就被這裏的風土人情吸引，他説這裏給他很舒服、很平靜的感覺，作為一位室內設計師，這個地方帶給他許多創新的靈感，所以他希望留在這個地方。

　　阿倫打開他的手機，把一張陳舊的照片放出來。

照片是黑白色的，花邊都已泛黃，照片上一位穿起筆直軍服的外國男人跟一位矮小的農村婦女並排站立在一塊牌坊前，影像朦朦朧朧的，不易看得清楚，想必有五、六十年歷史吧。

　　阿倫告訴我們這照片是他的爸爸幾十年前拍攝的，他曾經在這一帶鄉村地方住過，他跟阿倫說我們的傳統文化、族羣、習俗等等，都令阿倫感到很新奇。他這次來訪，很希望重遊他父親曾經住過的地方，於是他用手機把他父親的照片儲存下來。

　　原來他的父親是位退役英國高級軍官，幾十年前聯軍攻打日軍時來到這一帶鄉村，軍隊因為被偷襲而成為俘虜，他偷偷逃走去請救援，幸好得到照片中這名少女的幫忙把他偷運出村外，他的任務才能成功，他對於這照片視如珍寶。不過，當他父親回到家鄉後，透過不同的途徑，派遣很多人來，卻再也找不到這個少女了。

　　小偵探樂言把照片看了一遍又一遍，把照片在手機裏放大又縮小，務求找到半點蛛絲馬跡。

　　「子恒，這不是你住的水口村嗎？」樂言矇起雙眼歪着頭，用指尖指着照片中模糊的牌坊說。

　　大家把頭堆在小小的螢幕前，憑迷糊的字跡推斷，真的像是水口村村口翻新前的牌坊呢，樂言果然心細如塵，他敏

銳的觀察力真令我們吃驚！五人你望着我，我望着你，一時間恍然大悟一樣，大家似乎對揭開這個神秘故事很感興趣。福水提議首先去請教對村內歷史瞭如指掌的子恒爺爺，大家當然舉腳贊成。

阿倫跟我們一起來到子恒爺爺的家，把照片給子恒爺爺看，然後把他父親的經歷告訴子恒爺爺，二人一見如故，用地道英語溝通交流，翻譯員子恒就為我們一一解說。

子恒爺爺二話不說，立即拿着梯子爬到大書櫃的最頂層捧來一本厚厚的書冊，一邊小心翼翼地翻閱書冊，一邊向阿倫了解詳情。子恒爺爺也說得一口流利的英語，他淵博的學識和文化修養，同樣令我對他過去的故事產生濃厚的興趣。

這本書冊原來是得到村長的同意，從鄉公所複印出來的版本，它記載着附近幾條村落的歷史，子恒爺爺指着書冊中間其中一頁，告訴我們一段鮮為人知的歷史故事。原來阿倫父親的事蹟，早已寫在水口村的歷史冊上。

一九四一年尾至一九四五年間，香港陷入日軍統治，長達三年零八個月。二次大戰不但改變了東西方世界格局，而且對社會產生深遠的影響，同時水口村的歷史亦被加插了獨特的一頁。

水口村的歷史冊上文字端正，皆用毛筆書寫，一九四一年十二月八日，香港已經是英國的殖民地，同時，日軍攻取

了廣東沿海大片土地，大舉南下入侵香港。當時的英國首相授意英軍奮力抵抗，大部分守軍成為戰俘，被關入集中營。

在這段日子，日本施行軍國主義統治導致民不聊生，而中國境內，國民黨與共產黨的角力卻從未停止過。在這個大時代背景下，雖然村民沒有接受過太多教育，但大家同樣抱着一顆保衛家園的心，和互相扶持的精神，更有一些村落加入組建成的抗日游擊隊協助營救戰俘。

當時，水口村是屬於窮鄉僻壤，很少與市區的人接觸，由於進村的路途遙遠，要繞過多重迂迴曲折的山路，加上村民數量不多，日軍對水口村及附近的村落沒有特別的管治，也沒有派遣軍隊駐守塘福村，只是命令村長每個月把農作物上繳日軍臨時總部。

水口村雖然説被山丘環抱着，但其實只要穿過隱蔽的鳳梨森林，就會到達一個小沙灘。沙灘對出的幾十公里有兩座小島，沙灘連接大海，可以通往東南亞的國家，正因為位置隱秘，就連軍隊的地圖也沒有記載這個沙灘，只有水口村的鄉民知道它的存在。

日軍沒有長期駐守水口村，但偶然也有軍官巡視鄉民的活動及向鄉民灌輸日本軍國主義思想，村長為免村中女性遭受日軍的蹂躪，就索性把未嫁的少女留在沙灘上，於是，十位年華雙十的少女就暫時住在沙灘上。

　　有一日，其中一位少女發現一位昏倒的金髮男人被海水沖到岸邊，少女們都十分驚慌，卻又不敢走出沙灘找人幫忙，正當大家手足無措之際，年紀最小的一位少女走到那男人面前，把他拖到大樹下搶救。

　　後來，村民發現該外國人原來是被關入集中營的英軍將領，他僥倖跳海逃走，可是受了重傷流落到水口村。在村民的協助下，他日漸康復，更避開日軍的監察回到英軍領事館，成功得到英軍派兵支援，為擊退日軍記下一功。

　　我們幾人都對此事十分感興趣，可是書冊只有簡單片段式的記載，我們對當中的事件細節有許多摸不着頭腦的問號，都希望可以進一步查探究竟。

　　尤其是阿倫，他的爸爸從來是個嚴肅的人，很少提起自己的往事，阿倫只知道爸爸曾經在這一帶的鄉村短暫生活過而已。

　　在好奇心驅使下，我們下定決心要為阿倫找出當年的真相，充滿俠義精神的子恒爺爺也全力支持我們，大家一起根據阿倫的情報在互聯網搜集相關資料，翻查厚厚的族譜，希望盡力把零碎的片段一點一滴拼砌出一幅完整的圖畫。

　　於是，樂言、子恒、福水和我來到水口村的鄉公所找村

長打探事件的來龍去脈。當年的村長早已不在人世，現任村長興叔對此事所知跟我們也不相伯仲。

「這件事發生在那多年前了，因為關係重大，我曾聽伯爺說過，舊村長生怕他朝日軍發現我們水口村村民試圖出賣他們，會令村民遭受報復，所以沒有把事件明確地記載下來，也沒有向村民提及細節。」興叔無奈地說。

「那麼誰會知道呢？我們都很想知道這件事的始末。」樂言追問。

「事情都過了這麼久，沒有誰會記得吧。」興叔搖頭回應。

我們非常失望，準備離開之際，興叔喊住我們：「不過，當年住在沙灘那十位少女應該對事件的全部非常清楚，你們或許可以試試找找她們。」

於是興叔打開村民名冊，屈指推算，然後把年齡在八十歲以上，住在水口村的女性名單翻查出來，原來就只剩下三婆婆和蘭婆婆，於是我們決定向她們打聽。

樂言、子恒、福水和我跟據興叔的指引，來到三婆婆家中，略有些駝背的三婆婆正手執紙扇在樹下乘涼。

「三婆婆，你好。」三婆婆長着胖胖的身軀，面上掛着慈祥的笑容，感覺非常友善。

「三婆婆，我想問一下幾十年前的事，關於一個英國軍

官的事跡，你可以告訴我們嗎？」我走到三婆婆的耳邊說。
三婆婆看着我們一面點頭，一面撥扇。

「三婆婆，你記得那個軍官嗎？你知道是誰救了他嗎？
是你嗎？」樂言追問，三婆婆卻沒有回應。

「你究竟聽不聽得到我們說話呀？」福水顯得不耐煩，
在她的耳邊大聲地說。三婆婆慈祥地看着我們，她拍了兩下
胸懷，再把手指着耳邊轉動，然後搖搖頭。

「看來，她的耳朵不太靈光。」子恒托起眼鏡，搖頭說。

「三婆婆！」福水不相信地大叫起來，「你聽不聽得到
我說話？」三婆婆保持着沒兩樣的笑容，大家也沒有她辦法。

「作死呀？這麼吵！」另一位老婆婆從屋內走出來，喝
道。

「不好意思，我們是來找三婆婆的，不知道她是不是聽
不到我們說話呢？」我連忙向她道歉。

「當然啦，當年她的耳朵在打仗時被流彈打壞了，從此
聽不到聲音，漸漸連說話也不會了。」

「婆婆，你知道日軍攻佔水口村的事情嗎？」樂言着緊
地問。「可不可以告訴我們？」

「呸，都幾十年了，有什麼好說！」婆婆一臉不屑，掃
興地走回屋子裏。

「你是蘭婆婆嗎？」子恒衝口而出。

老婆婆站住了腳，回頭看着子恒，出奇地問：「你認識我嗎？」

「在水口村被佔領的事就只有三婆婆和蘭婆婆最清楚，所以你一定是蘭婆婆了。」子恒接着說：「當年那個英國軍官的兒子現在來到了這村子，托我們查問一下當年的事而已，你可以告訴我們嗎？」

「那軍官回來了嗎？」蘭婆婆瞪大眼睛問。

「不，回來的是他的兒子，他現在就在我家中，你要去跟他見面嗎？」子恒說。

「不必了，他真命大，竟然沒有死掉。」蘭婆婆露出驚訝的神情。

「當年是你救了他，把他運出村的嗎？」子恒繼續說。

「不是我，我的膽子沒那麼大，是金妹。」蘭婆婆搖頭歎氣，說：「金妹不理會我們的反對去救他，而且奮不顧身地偷運他出村外。」

「金妹？她在哪裏呢？」我好奇地問。

「她打仗後就嫁到隔壁村子去了，自從十幾年前她伯爺離世後就再沒有回來娘家了。」蘭婆婆皺一下眉頭，勾起一段久遠的回憶。

「進來吧，我正在做湯圓，你們也來吃吧。」福水聽到有好吃的，立即緊隨蘭婆婆，三婆婆見大家都走進屋子，她

也握着拐杖跟着一起進來。

我們一邊吃湯圓，一邊聽蘭婆婆說起往事。蘭婆婆做的湯圓很香滑，有花生、有芝麻，嘴饞的福水對蘭婆婆讚不絕口，逗得她十分高興。

蘭婆婆瞇起雙眼，漸漸回想起當年的情景……

「日軍入侵時，水口村和附近幾條村的生活都不容易，不過比外面市區的形勢好得多了。」

「當時我的年紀還很小，我聽外面的人說，淪陷時，糧食短缺，每人每天只配給半碗米飯，大多數人都吃不飽，有人撿吃殘羹冷飯，有人偷搶食物，甚至有人吃人的悲慘事件。」

想起令人痛心的往事，蘭婆婆不禁閃出淚光，在飢餓的煎熬下，有的人迫於賣兒賣女，骨肉分離的事多不勝數。就是因為附近的村落人丁不多，只不過十多戶人家，日軍都懶去管理這些窮鄉僻壤，只派幾名散兵每半個月來視察一下：

> 我的爺爺告訴我，當年日軍凶狠殘暴，居民經過街上的崗哨，要向日軍鞠躬行禮，動作稍慢，就遭受拳打腳踢。
>
> 日軍到處找良家婦女來發洩，這是一段恐怖日子，少女都得匿藏起來，村長有見及此，於是讓我們幾個十幾二十歲的女子躲到僻靜的

沙灘，而年紀大的有些女人就用黑炭塗搽臉龐，以免被無恥的軍人捉去。

通往沙灘的路很隱蔽，而且長滿密麻麻的草叢和難纏的長藤，又有毒蛇窩，所以村外人都不會走進去。記得當時三妹、四妹、五妹、七妹、阿香、阿珍、阿嬌、帶銀，還有金妹和我，一共十個人一起躲藏在沙灘上。

村長跟幾個鄉民替我們搭建了一間簡陋的小木屋，叮囑我們不要亂走，如果聽到飛機在空中經過，拋下炮彈就要掩着耳朵張開口，避免震破耳膜。

一天，一個洋人被海水沖到沙灘上，我們都很害怕，正當大家不知所措的時候，阿金跑出去把他拉回來。我們看見洋人奄奄一息，心想他快要死去，阿金就用力搥打洋人胸口，她雖然個子小小的，但氣力卻很大，好一會後，洋人吐出一大口海水，回復了氣息。

阿金的父親是個中醫師，阿金自幼就在他身邊幫忙和學習，所以也懂得一些醫病和救人的基本功。洋人全身都是傷痕，他沒有被鯊魚吃掉算他走運了，如果不是阿金，那洋人注定

要去見閻王了。

嚴肅的蘭婆婆突然露出淺笑，似乎陶醉在當日的情景。

「後來怎樣？」樂言急不及待地問。

「後來？阿金四處找來草藥，日以繼夜替他治理傷口，我們勸她不要浪費心神救一個快要死去的人，她卻不肯放棄。」蘭婆婆眉飛色舞地續道，「最終，經過一個多月細心照顧，那洋人竟然奇跡地甦醒。」

我們都急了，不斷追問下去，蘭婆婆卻悠閒地走到廚房去泡茶。

「唉，說到我口都乾了。」蘭婆婆喃喃自語。

「蘭婆婆，你不要賣關子了，快點說下去吧，我們很想知道後來的事啊！」樂言心急地說。

「對對，蘭婆婆你快說吧，讓我替你倒茶！」福水跑過去替她把茶端出來，拖着她回到座位上。蘭婆婆點點頭，又再次憶起過去……

　　洋人的意識漸漸恢復，原來他懂得說我們的話，他告訴我們，自己是位英軍將領，在執行抵抗日軍的任務時遭受偷襲而全軍覆沒，他更掉到大海裏去。他說他掌握了敵方的重要情報，需要儘快把消息傳遞回去總部，否則戰爭就不可能結束。

我們當然幫不上忙啦，村長早就叫我們不要走出沙灘，而且我們都害怕被日軍捉去軍營。就是阿金不怕死，她把洋人埋在稻草堆下，用手推車載着他，小心地隻身帶領洋人穿過森林去找村長幫忙。當時村長看到洋人也非常害怕，怕開罪日軍，於是不敢答應幫助他。阿金和洋人不斷地游說村長，把利害關係分析給他聽，最後村長也答應借出舢舨讓洋人離開。

　　在阿金的帶領下，他們一起出海避開日軍到達英軍基地，洋人把重要軍事情報告知軍方。不知道這一場戰爭與洋人的關係，但半個月後，戰爭就結束了，洋人帶着一隊英軍水兵和很多糧食，跟阿金回來水口村，答謝村民的幫忙，英軍對村民十分敬重，還拍照留念。

　　幾個月來，阿金對洋人有情有義，而洋人也很感激阿金多番相救，二人情愫日生，於是洋人向阿金的父親提親。阿金的父親卻勃然大怒，把阿金關起來不許他們見面，然後把洋人趕走。洋人多次拜訪也被拒絕，而他當時因為要回國覆命，只好暫時闊別水口村。

　　我們九個姊妹都感到非常悲傷，心情沉重

的、隱隱作痛，跟洋人相處的這段短短的時間，大家都知道他是個有勇有謀的大英雄，跟聰穎機靈的阿金是最合配的了。但是，那個年代大家都不接受跟外國人結婚的嘛！長輩們都說什麼阿金棄祖忘宗，要拿阿金去浸豬籠。

如果不是靠阿金，他們老早就被日本仔捉去整治呢！

一年後，洋人再回到水口村，可是，他已經再找不到阿金，阿金的父親告訴他，阿金已經嫁到很遠的地方，失落的洋人惟有帶着一顆傷心回去老家，自此就沒有再回來了。

故事說完了，蘭婆婆從口袋拿出手帕拭去眼角的淚珠。我同樣感到婉惜，心裏有着說不出的難過。

「蘭婆婆，阿金還在嗎？」沉默多時的子恒問。

「其實金妹沒嫁多遠，就嫁到隔鄰塘福村罷了，大家都一把年紀了，沒有再聯絡了。」蘭婆婆呷了一口濃茶，續說：「不過事過境遷，你們亦無謂探究了。」

這是一個多麼令人心酸的故事，我們聽罷都感到非常難過，無奈我們可以做的不多，畢竟這都是已成歷史。

太陽開始下山了，我們向蘭婆婆和三婆婆道別後，便起程回去了。

久遠的秘密

　　離開三婆婆的家，我們準備回到塘福村去。一路上，我低下頭不斷在回想剛才的故事，蘭婆婆口中一幕幕的情景霎時浮現在腦海中。

　　「哈哈！茶煲踩牛屎！」福水突然大叫，捧着腹發狂地笑着。我往腳下一看，一灘新鮮的、濕潤的牛糞正在我的拖鞋底，差點兒就沾到我的腳掌了。

　　「哎呀……慘了……」我立即提起右腳，徬徨得不知所措，身體搖搖晃晃的站不穩。

　　樂言伸出雙手把我扶緊，取笑我：「哈哈，茶煲真笨，連走路也走不好。」

　　「不如我們以後叫你屎煲吧！」福水繼續大笑得連嘴巴也合不攏。

我感到非常生氣，眼淚一下子凝在眼眶內，人家踩牛糞已經很可憐，福水還要落井下石取笑我，很是可惡。

　　「你穿我的拖鞋好了。」子恒看到我漲紅的臉，隨即蹲下來把我的人字形拖鞋從提起的腳掌小心翼翼地取出，再脱下自己右腳那隻拖鞋，套在我的腳掌上，然後把我的腳放回地面上。他自己則毫不猶豫地穿起那隻糞便拖鞋，在草地上磨擦了幾下。

　　我的腳比子恒小得多，他穿上我的拖鞋後露出了半隻後腳掌。

　　「子恒，你還是不要穿我的拖鞋了，又小又髒。」我急忙説。

　　「我常常踩牛屎不怕髒的，我跟你回家後再把拖鞋交換回來吧。」子恒隨便在地上踩了幾下，踢踢腿，繼續向前走，「天快黑了，快走吧。」

　　望着子恒的背影，加上那雙一大一小的拖鞋，感覺很是奇怪。不知道什麼原因，一陣暖意從心而生。

　　我們一邊走，一邊討論蘭婆婆説的往事，大家也有不同意見。

　　「你們説，應該把蘭婆婆的故事告訴阿倫嗎？」我躊躇着。

　　「對於阿倫的爸爸來説，這是一場悲劇，而且，對阿倫

的媽媽也會是個愛情的污點，」樂言回應着，「依照蘭婆婆的説法，既然事情又不可以回頭，再追查也未必是件好事。」

「説不定，阿倫會告訴他當英軍將領的爸爸，然後派士兵把水口村炸了，報當年被騙的大仇！」福水誇張地説。

「別傻了，那怎麼可能！」樂言笑着説：「他已經是個退休軍官，而且打仗怎會如此兒戲？」

「爸爸説英國人很狡猾的，我們還是小心點吧！」福水擺出一副不屑的樣子説。

「不過，茶煲，阿倫也許是你的未來姨丈，這件事怎樣處理還是由你決定吧。」子恒説。

「阿倫會做你的姨丈嗎？什麼時候？他們會在哪裏結婚？」福水好奇地問。

「我也不知道啊，早兩天我經過婆婆的房間時，聽到麗芬姨姨跟婆婆的對話，她説阿倫向她求婚，她仍在考慮當中。」我説。

「那你外婆接受了阿倫嗎？」樂言問。

「我不知道呀……不過，愛情不是兩個人的事嗎？就算外婆不接受，我相信也改變不了他們的決定。」我説。

「對的，只要是我的選擇，我也不會被其他人阻撓。」樂言堅定地説。

「子恒，你呢？你對愛情的看法又是怎樣？」我試探着

問。

「我不知道，不過我的爺爺一定不會反對我做的決定，他一直給予我最大的自由。」子恒說。

「我才不管這些，愛情好像很煩人的事……我媽媽跟姑姐，還有外婆和三個姐姐，全部女人都很嘮叨，唉……我長大了最希望一個人搬出去住，無人再管得到我！」福水沒好氣地說，引得我們笑個不停。

我們四人並排而行，夕陽就在我們的後面，四條長長的影子搖搖擺擺，見證着我們的友誼。

回到塘福村，天色已經轉黑，子恒脫下拖鞋跟我交換後獨自回去了。走了好一段路程，鞋底早已沒有牛糞，我彷彿看到子恒的腳被細小的膠帶刮損，但他卻裝作若無其事。

經過整天的奔波，我感到非常疲累，吃過飯後，我便好好洗澡，然後準備上牀睡覺去。

此時，外婆叩門進來。

「要睡了嗎？」外婆坐在我的牀邊說。

「嗯，今天我跟大家去釣魚，然後再到水口村去，現在有點累。」我說：「婆婆，有什麼事找我嗎？」

「沒什麼，你媽剛才致電過來，她記得下星期是我的生日，她會回來塘福村。」外婆說。

「她回來住嗎？」我立即把牀邊的手機拿過來，由始至

終都沒有一條媽媽傳來的訊息。

「她回來時你問問她吧。」外婆搖頭説。

「婆婆，我想留在你身邊，留在塘福村。」我抱住外婆。

「希茵，你是我的寶貝，畢竟也是你媽媽的寶貝。我知道你媽媽這幾個月來很努力地改變自己，也努力地改掉賭博的惡習，」外婆歎一口氣，溫暖雙手輕輕地撫摸着我的頭髮：「過去的，我們不要去記住吧，你會原諒你的媽媽嗎？」

我陷入沉思當中，腦中浮現從前債主臨門的影像。

外婆接着説：「我老了，對於我來説，只要家人融洽相處，大家身體健康，其他的都不重要。」我想了一下，明白外婆的意思，微微點了一下頭。

「婆婆……我想問……」隔了一會，我説。

「什麼？」外婆見我欲言又止，問。

「麗芬姨姨要跟阿倫結婚了嗎？」我説：「你不反對嗎？」

外婆微笑撫摸我的額頭，説：「我幾十歲了，並不能跟你的姨姨走以後的路，只要她歡喜，無論嫁給誰我都會支持的。」

「麗芬姨姨知道你這麼支持她一定會很高興呢，起初我還擔心你會不喜歡阿倫。」

「傻瓜，又不是你外婆去嫁人，有什麼喜歡不喜歡，」

外婆頓了頓說：「阿倫人品不差，有耐性又尊重長輩，想他會是個好丈夫的。」

「是呢，剛才我們到了水口村，遇到了三婆婆和蘭婆婆，她們請我們吃湯圓呢，你認識她們嗎？」我打聽着。

「啊，你見到阿三和阿蘭嗎？我從小時就認識她們啦，她們好嗎？」外婆問。

「她們精神還好，三婆婆雖然不能說話，但她整天笑容滿面，看來生活得滿足。」我說：「蘭婆婆她長得比較兇，但心底也是祥和的，她還告訴我當年日軍侵華的歷史呢。」

「嘻，看來她們仍是老樣子。」外婆說：「自從你太公走了以後，我也沒有回到水口村了。」

「婆婆，聽說日軍打仗時一班女孩曾避走沙灘，你當年也跟她們一起避難嗎？」我心急地問道。

外婆搖頭，微笑說：「都已經是六、七十年前的事了，唉，我早已忘記得七七八八了，只記得那是一段艱難困苦的日子。」

「那麼，你聽說曾經有一個英兵漂流到水口村嗎？」我追問，「到底是誰救了他，救了整條村子呢？」

「天曉得……當時局勢很混亂……」外婆搖頭，說：「你不是很累了嗎？快些睡吧，明天要早起上課呢！」

「可是……」

　　外婆替我蓋好被子放下蚊帳，然後關上燈，便走了出去。

　　我心頭一震，這麼重要的一件事，外婆豈會忘記？還是她有什麼難言之隱不想把事實說出來？黑暗中，我再次聽到外面的昆蟲在歌唱，歌聲很美妙，迷迷糊糊之間，我便在甜美的聲音中昏昏睡過去。

第九章

英雄駕到

　　自從阿倫上次跟子恒爺爺翻查水口村的歷史資料後，對圍村的生活越發感興趣，不時找子恒爺爺聊天及學習中文。兩個都是從外地回來、又是愛説笑的人走在一起，很快地，他們便名正言順地成為一對投契的「老友鬼鬼」。

　　在子恒爺爺的教導下，阿倫的中文有了很大的進步，他已經懂得用「半鹹半淡」的廣東話説出幾句完整的句子，能夠跟外婆及其他村民簡單地應對。

　　但發音不正的阿倫令他弄出很多笑話來，例如他把「塞翁失馬」唸成「唱衰班馬」，「水果」唸成「死火」，「飲水」唸成「忍嘴」，就連一向冷漠的舅父，聽到口齒不清的阿倫經常弄出笑話來也忍不住咧嘴大笑。

　　由於阿倫是個風趣友善的人，不卑不亢的他待人熱誠有

禮，認識他的人也很喜歡幫助他融入圍村的生活。

阿倫的到來帶給我們許多歡笑聲，從沒想過一位陌生人竟然可以令這個家融和起來。

阿倫漸漸習慣了塘福村的生活，早上他會跟麗芬姨姨和外婆到田裏耕種和餵飼雞鴨；中午他會把桌椅搬到花園去，一面享受陽光，一面遙距工作，把設計好的文件用電腦傳送回英國的公司去；黃昏，他和麗芬姨姨會到沙灘游泳、散步，又或者跟我和三劍俠一起遊戲；晚上吃過飯後他就會自動找些家務和粗活來做，生活非常規律。

「希茵，你的姨姨終於答應我求婚了！」阿倫拖着麗芬姨姨從外面回到家裏，幸福滿溢。

「真的嗎？那太好了，真替你們高興呢！」我上前緊緊地抱着麗芬姨姨。

「待慶祝老媽的八十大壽後，我們會旅行結婚，四處遊玩一下，然後在塘福村找間屋子住下來。」麗芬姨姨説。

「那麼我們可以常常見面啦，婆婆一定很高興了！」我説。

「嗯，婆婆已『應答』我們的婚事。」阿倫小心翼翼地吐出每一個字來。

「是『答應』不是『應答』呀！」麗芬姨姨掩着嘴巴笑説：「阿倫説他的爸爸曾經在水口村住過，所以我們也邀請

了他重遊舊地，順道來探望一下老媽。」

「阿倫爸爸真的會來嗎？」我驚訝地問道。

「是的，」阿倫說：「他乘搭的飛機已經起飛，明天就會抵埗，我打算帶他到村莊裏四處走走。」

不知怎地，我對於這位陌生外國人的來訪，竟產生一種親切的感覺，也許是佩服他的事蹟吧。我隨即把這消息告訴子恒和樂言，大家也十分期待一睹這位英勇的前英軍軍官的風采。

大清早，阿倫跟麗芬姨姨向舅父借來小貨車到機場去接他的爸爸，由塘福村到機場要花上兩個多小時，他們回來時已經接近黃昏了。

下課後，三劍俠跟我一直在村口等待，等待我們心目中的氣魄十足的英雄出現，我們已經想好了很多關於當年的問題問他，很想能夠快些跟他聊天。

過了不久，我們終於見到他們的身影了。

阿倫和麗芬姨姨牽着一位長得比阿倫瘦小的老人家走進村子來，老人家戴着太陽眼鏡，拿着拐杖，一臉嚴肅。

我們出前去迎接，「阿倫，他是你的爸爸嗎？」樂言問。

「是的樂言，他是我的爸爸，William。」阿倫拿着一袋輕便的行李，說。

「Hello William, nice to meet you. My name is

子恒。」子恒主動走上前，打算跟 William 握手。

「Hello 子恒，nice to meet you，too!」老先生微笑道，竟漠視子恒伸出來的手。

子恒望着自己停在半空中的右手，錯愕地望了 William 一眼，發現太陽眼鏡後只有一雙黑洞，他那雙眼根本沒有眼珠。

「我的爸爸雙眼已經看不到東西。」阿倫聳聳肩說。

「咦？你是瞎子來的嗎？」福水衝口而出，伸手在 William 的面前擾攘，顯得有點驚訝。

「我的眼睛在一次打仗時給炮彈的碎片割傷了，那次以後再看不到東西。」William 苦笑着回應。

「啊，你的中文發音很標準呢！真厲害！」樂言說。

「很高興認識你們，我對中文仍然有很深的印象，因為我曾經在這裏生活過，以後，你們叫我威廉就可以了。」威廉伯伯吐出一隻又一隻清晰的中文，比阿倫說的中文要準確一百倍，令大家大吃一驚。

樂言、福水、子恒和我逐一向威廉伯伯介紹自己，老實說，威廉伯伯說話的發音跟本地人沒有兩樣，真令人佩服。

威廉伯伯握住自己的拐杖，在地上左右敲打着，感覺着地面的質感。

他一步一步走到一棵香樹下，伸手摘下一片葉子，放到

鼻子前嗅着，感動地笑了。

　　雖然威廉伯伯看不到，走路比較緩慢，但他的反應很敏捷，頭腦也很清晰，是位相當機靈的老人家。

　　我們對威廉伯伯的經歷感到好奇，回家路上爭相追問他關於打仗的事情。威廉伯伯一邊慢慢地走，一邊耐心地回答我們的提問，就像歷史問答大會一樣。

　　「我聽阿倫説你以前是個軍官，是真的嗎？你是海軍、空軍還是陸軍？」福水率先發問。

　　「幾十年前，我曾在駐本地的英國皇家通信兵部隊裏當中尉，當時我跟其他軍人也要跟本地人溝通，所以學識流利的中文。」威廉伯伯摸一下自己的下巴，説。

　　「你是否當過俘虜呢？是否曾在水口村住過？你是否認得住在哪裏嗎？」樂言追問。

　　「啊，想不到你們對我都很熟悉呢，」威廉伯伯頓了一下，回答説：「我軍投降後，我們小隊曾被日軍俘擄囚禁在偏遠的監獄，我與其他俘擄在山區中的銅礦場裏被迫當苦工。僥倖地，我趁機會從海路偷走出來，漂流到一條村莊去。後來得到村民的幫忙，成功聯絡我軍英國總部，突襲日軍救出大部分的俘虜。」

　　「英軍戰勝了後，你便回國了嗎？」我打探着：「那你之後還有沒有回來？」

「我軍戰勝不久，我便回到英國總部覆命，因為立了軍功，所以從中尉升到少校，更被派遣到英國南部地方去訓練士兵。」威廉伯伯猶豫了一下，繼續說：「記得之後的幾年，我曾回來兩三次與在港的朋友聚舊，和出席一些英軍協會的活動。」

「那你在什麼時候瞎了眼睛呢？」福水一臉稚氣地問。

「你們這班問題少年啊！」麗芬姨姨沒好氣地對我們說：「威廉伯伯舟車勞頓好十幾小時了，你們怎可以一下子不停發問呢？」

「不打緊，難得小孩子喜歡跟我這個老頭兒聊天，我怎會嫌累呢？呵呵。」威廉伯伯拍拍身旁的麗芬姨姨，說，「我的眼睛是在二次世界大戰之後，在一次參與聯合國維持和平行動時不慎被炮彈所傷的，之後我便退役回老家去。」

看到威廉伯伯凹陷的眼窩，我們的心都酸了，好一會兒也沒有作聲。我一直以為世界大戰是我無法觸及的，但原來遠在天邊，近在眼前就有一位曾參與戰事的軍人。

走着走着，我們已來到外婆的家，多寶看到我們高興得撲在我身上，不停擺尾吠叫。

麗芬姨姨把威廉伯伯安頓到大廳，替他倒了一杯熱茶。

「好香的茶，放了桂圓嗎？」威廉伯伯把熱茶放在嘴邊，聞着香氣。

「嗯，老媽説多喝這冰糖桂圓杞子茶能清心滋潤的。」麗芬姨姨説。

「咦，桌面放的是白薑花嗎？」威廉伯伯伸長脖子，高高直直的鼻子有趣地抽動着。

「你的鼻子真靈，這就是白薑花。白薑花四季都盛開，香氣持久，是我老媽的最愛。」麗芬姨姨説。

外婆聽到聲音便放下手上準備摺疊的衣服，從二樓走下來。

「媽，這就是阿倫的爸爸，威廉。」麗芬姨姨拖着外婆走過來：「威廉懂得説粵語的，比阿倫厲害很多。」

威廉伯伯聽到外婆出來，便從袋子取出幾盒禮物來，雙手遞到外婆的方向，「這幾天打擾你了，這裏有一些家鄉的牛奶鳥結糖和餅乾，希望你喜歡。」

外婆發呆般站在威廉伯伯的面前，凝着眼看着他，久久沒有作聲。

「媽，你不要傻了眼呢，我也是今天才知道，威廉伯伯的眼睛看不見東西呢，但他很厲害的，耳朵非常靈敏。」麗芬姨姨在外婆耳邊輕聲地細語。

外婆回過神來，她點了一下頭，接過禮物，説：「歡迎你到來，不好意思沒有什麼招待，請當這裏是自己的家吧。」

威廉伯伯一征，連忙點頭謝過。

外婆從廚房捧出一盤剛做好的茶果來，叫麗芬姨姨和我好好招待客人，自己卻一溜煙走到田園去了，看來她仍然對外國人有一種抗拒的心態。

我起初還以為外婆會見過威廉伯伯，因為蘭婆婆、三婆婆跟外婆的年紀相若，大家又在戰亂中生活在水口村，怎料外婆對這位英勇的將士沒有特別的記憶，令我不禁有一點兒失望。

今晚，外婆做了幾道圍村的傳統菜式跟威廉伯伯接風，有醬燒八寶鴨、蒸金瓜子、魚鬆釀冰豆腐、家鄉百花炒扁豆，大家對外婆的廚藝讚不絕口，各人也吃得津津有味。

威廉伯伯對家鄉百花炒扁豆特別鍾愛，他說幾十年前也吃過這道菜，味道之香令他不能忘懷，有幸再嚐感到十分欣慰。也許外婆仍未習慣跟外國人一起生活，又或者她不捨麗芬姨姨即將離家結婚，她整天總是默不作聲，像是有數不清的心事。

外婆對子女無盡的關愛深深溫暖着我，令我不禁想起多月來音訊全無的媽媽。

天氣開始轉涼，半夜，我感到一絲寒意，從夢中醒過來，發現被單被自己踢在地上。

迷糊間，我聽到一陣歌聲從窗外傳來，我緩緩走到窗邊，原來一班蟲兒正在樹上演奏歌曲。

　　歌聲哀涼，令人聽得憂傷，我擦擦眼睛，倚在窗邊靜心聆聽。

　　「為什麼奏出如此哀傷的樂章？」我問樹上的蟲兒。

　　「我們看到婆婆的眼淚，聽到婆婆的心痛，所以把她的憂傷演奏出來。」一條小蟲望過來回應說。

　　「為什麼她會傷心呢？」我不禁問。

　　蟲兒搖搖頭沒有回答，繼續跟牠的伙伴合奏着。

　　在柔和的音樂下，我感到非常睏，我沒有再仔細想自己是否又在做夢，便倒在牀上睡去了。

第十章

神秘的沙灘

「咔……啪……」

「咔……」

「是什麼聲音？為什麼這般嘈吵？難得星期六不用上課……」耳邊卻不斷傳來「咔喀……咔啪……」的聲音，我惟有不耐煩地張開眼睛。

我走到窗前一看，原來是樂言，他從樓下把小石子擲到我的窗口來，多寶也抬起頭來看着我。

「什麼事呀？這麼早！」我揉揉眼睛掀起蚊帳，走到窗邊往樓下看，不悅地說。

「起來啦茶煲，今天潮水退得很遠，我們去挖蜆好嗎？」樂言舉頭大喊，他早已帶着羹匙和水桶，整裝待發的樣子。

「現在幾點鐘呀？」我伸伸懶腰，打了一個呵欠。

「十點多啦！懶惰鬼，快下來吧，我在這兒等你！」樂言翻着觔斗，雀躍地説。

睡眼惺忪的我只好更換衣服，懶洋洋地爬到洗手間洗臉去。

回想起昨晚好像做了個奇怪的夢，夢到蟲兒告訴我外婆傷心地哭了，真奇怪。

「婆婆，我出去了！」我走下樓，想找外婆，卻不見她的蹤影，其他人也不在大屋裏，原來全屋的人也一早起來出去了。

我從廚房的蒸籠裏拿起微暖的肉包咬在嘴裏，想必是外婆一早為我準備的。

樂言和多寶淘氣地你追我逐，多寶喘着氣跳來跳去，牠很喜歡樂言呢。

「子恒和福水呢？他們不去挖蜆仔嗎？」我問樂言。

「子恒跟他爺爺出了村去，福水肚子痛起不了牀，所以就我們倆去而已！」樂言把羹匙和水桶遞給我，興奮地説。

「那好吧。」

「你要留在這裏好好守門口呢！」我把多寶留在前院裏，牠失望地垂着耳伏在大屋門前。

走到石橋路，我看到麗芬姨姨、阿倫和威廉伯伯正迎面而來。

「麗芬姨姨，你們到哪兒去呀？」我問。

「碰到你們就好了，」麗芬姨姨快步走上前來，着急地說：「我剛收到公司的來電，需要我到市區辦一點事情，今晚才能回來，阿倫會駕車載我出去，你們有空陪伴威廉四處參觀嗎？」

「當然沒問題啦！」我一口就答應。

「茶煲，我們不是要去挖蜆嗎？」樂言着急冒出一句來。

「我們遲些再去吧。」我說。

樂言不悅，一腳把面前的石子踢得老遠去。

「那拜託你們了。」麗芬姨姨拖着阿倫急急離開。

「我們帶威廉去哪裏好呢？」我問正在發愁的樂言，「到水口村去看看好不好？」

「一起去挖蜆吧！」威廉伯伯撐着拐杖從後面走過來，「不打緊的，我就跟着你們去挖蜆，我也想到海邊吹吹風。」

「可是……」我感到不好意思。

「那，不如到水口村去挖蜆吧，」樂言靈機一動，說：「我們又可以挖蜆，威廉伯伯又可以故地重遊。」

「你是說，我們到水口村那個隱蔽的沙灘去挖蜆？」我問。

「對呢！不錯的主意吧！」樂言突然提起勁來，轉身就走。

「不過蘭婆婆説過那條小路有蛇窩的！」

「怕什麼？都是阻嚇外人進入沙灘的傳言，而且天氣都轉涼，我也想來一碗蛇羹！」樂言笑説：「有我在你什麼也不用擔心，快走吧！」

於是，我們從塘福村漫步到水口村去，一路上微風輕拂，吹來花香，令人舒暢。

走了半小時，我們來到水口村，我們一直往海邊走，面前一片樹林，我們停在小路的分岔口，不知應走哪條路好。

「你認得哪條路嗎？」我問樂言。

「我還未來過，怎會知道？」樂言説。

「那怎麼辦？早知找子恒來認路，他住在這條村，方向感也強，應該知道石灘往哪邊走。」

樂言不甘示弱：「子恒閒時只會留在家中看書，哪會像我四處探險，他認路怎麼會比我好？」

「往那邊走吧，」威廉伯伯側着頭，然後指着左邊的小路，説：「我聽到海浪聲從那邊傳來。」

樂言向我做了個鬼臉，然後我們跟着威廉向前走，翻過兩個小山坡，拐過幾個彎，經過一片紅樹林，在一排棕櫚樹後找到一條隱蔽的小路。幸好一路上我們也看不到蛇的蹤影，最後順利來到一個神秘的沙灘上。

「這個沙灘被許多高大茂密的棕櫚樹圍繞着，難怪不易

找到。」樂言說。

這裏的沙細軟幼白，我脫下拖鞋踩在沙上，彷彿踏着一層輕柔的棉花，感覺很特別。

威廉伯伯深深吸了一口氣，坐在細沙上，滿意地笑了。

「來吧，水退得很遠了，我們快到那邊去挖蜆吧。」樂言踢開了拖鞋，捲起衣袖，一口氣往沙灘旁邊的石溪衝過去。

「威廉伯伯，我們到那邊挖蜆去。」我牽着威廉伯伯的手，指到右方去。

「好的，你們去玩吧，我留在這裏休息一下。」威廉伯伯揮手笑道。

樂言在潮退的位置找來一塊大石，然後在大石旁邊蹲下來，他從水桶裏拿出一隻大羹匙，貼着石頭底往沙泥裏鑽下去。

我拿着水桶坐在另一塊大石上，拉高褲腳，把雙腳浸在清澈的海水中，感覺很冰涼。

我看着樂言把沙泥撥出來，石下頓時出現一個又一個窟窿，一塊埋在沙裏的白色東西突然露出來了。

樂言找到第一隻蜆了，他驕傲地把一隻比硬幣還要大的蜆挖出來，然後向我拋過來，我舉起水桶靈巧地接住。

樂言繼續在石子底的另一邊掘下去，掘了一會，他又找到第二隻蜆。

「明白了嗎？很容易吧！你也一起來掘吧！」樂言説。

於是，我照着他的方法沿着大石邊挖下去，未幾，我也真的掘到小蜆。

在我們的努力下，水桶很快地裝滿大大小小的蜆，看來今晚我和樂言也可以「加餸」了！我心想，早知收穫會如此豐富，就應該多帶兩個水桶來呢！

當我們捧着水桶興高采烈地回到沙灘上，怎料，威廉伯伯不見了。

「威廉伯伯呢？」我四處張望，着急地問。

「他……他可能到了那邊吧。」樂言搔搔頭，指着草叢説。

「哎呀！威廉伯伯看不見的，他這樣亂走可能會有危險呢！」我緊張地跑過去。

「啊……不要擔心，他以前好歹也是個軍人，受過非常嚴厲的訓練，絕對不會有事的……」樂言安慰我説。

我們在草叢裏找來找去也找不着威廉伯伯的身影，大叫大喊也得不到回應，驚慌的感覺漸漸從心底滲出來。

「你説現在該怎麼辦？」我徬徨地説。

「不要怕，沒事的，我們再到那邊找找吧。」樂言故作鎮定地説。

我們把整個沙灘找了一遍，從東面跑到西面，又從西面

跑回東面，可還是找不到威廉伯伯，我們感到非常氣餒，倒在軟沙上。

「也許，威廉伯伯坐久了，想自己回家呢！」樂言說。

「他回去了？」我的心焦急得很，一眶淚水忍不住從眼角淌下來：「他怎麼會撇下我們呢？」

「傻瓜，不要哭。」樂言輕輕拭去我的眼淚：「我們再找一會，然後回家看看好嗎？」

「嗯。」我默默點頭，此時，我實在不知如何是好。

「喂，你找那位老伯嗎？」一把微弱的聲音從後面傳出來。

我回頭一看，一隻青綠色的甲蟲正停留在大石上。

「我聽到你們的對話，我在那邊看到一位老伯伯，還有一位老婆婆，快跟我來吧！」甲蟲拍拍翅膀，停留在半空，轉身往樹林飛去。

「樂言，我知道威廉伯伯在哪裏，這邊走吧！」我跟着甲蟲走進叢林裏，這裏的草很長，我們好不容易才走過去。

「你怎麼知道？」樂言一邊跟着我走，一邊好奇地問。

「我……我聽到……」我不敢對他說自己又聽到昆蟲的說話，就算說了他也不會相信，只好胡亂編個故事：「我好像聽到威廉伯伯的聲音。」

我們好不容易穿過茂密的叢林，在不遠處看到一個涼亭，

兩個熟悉的人影就坐在涼亭裏。

甲蟲一直向二人飛過去，不時回頭望過來，示意我們跟着牠去。

「威廉伯伯在那裏啊！坐在他身邊的不就是你外婆嗎？」樂言停下腳步，指着不遠處的兩個人影說：「看來他們相認了。」

「相認？」我望着樂言，不解地問：「難道他們一早就認識？」

「只是我的推斷，那次從蘭婆婆口中，得知當時十姊妹在沙灘遇到威廉伯伯，而你早前又告訴我你外婆是從水口村嫁到塘福村的，」樂言交疊着臂彎擺出一副認真的樣子，說：「於是我懷疑，她跟威廉伯伯早就認識的。」

「其實我也曾這樣想過，只是當天他們見面時並沒有相認，為何到現在才肯相認？」我問：「還是我們都猜錯？」

「我們過去看看吧，跟我來。」樂言一手拖着我繞過密麻麻的棕櫚樹，在涼亭後面的不遠處躲起來，偷聽他們的對話。

「偷聽別人的說話不太好吧。」我鬆開樂言的手，壓低聲音說。

「難道你不想知道原因嗎？」樂言噘起嘴。

「我……」我心裏的確很想知道，但又覺得這樣做不太

恰當，正在猶豫之間，隱約聽到威廉伯伯和外婆的對話。

「已經六十年了，想不到竟然可以再見到你。」威廉伯伯面向外婆説。

「我也想不到你會再回來。」外婆搖頭回答，「而且回到這個沙灘來。」

「這就是你曾經教曉我的『緣份』吧！」

「呸⋯⋯幾十歲不説緣份了，現在我和你也一把年紀，變得老了、遲鈍了。」外婆緩慢地拍打着自己的大腿。

「我瞎了眼睛，看不到你變老，在我腦內只有你年輕時的模樣，美麗的樣子。」威廉伯伯漫不經意地説。

「你還是老樣子，就是説笑話時嘴巴卻不笑，幸運的是你兒子比你討人歡喜，常常掛着一副笑臉。」外婆掩着半邊嘴，偷偷笑了。

「真好，原來你還記得我。」

「轉眼都幾十年了！」外婆低下頭來，淺淺地笑。

「你最愛的白薑花、冰糖桂圓茶，還有家鄉百花炒扁豆。」威廉伯伯也低下頭，懷緬着説：「那天聽到你的聲音那一刻，直覺告訴我面前就是你，我卻害怕那只是我巧合地把所有事情對號入座。」

「難道你早就認出我？」外婆愕然地問。

「我永遠忘不了你的聲線，還有你的笑臉。」威廉伯伯

續道：「如果不是在這裏重遇你，我想你也不會相認吧。」

「幾十年了，相認不相認也不重要了。」外婆笑了，「現在就寄望子女健康、生活安好。」

「你的女兒竟然能夠跟我的兒子遇上，然後談戀愛，修得正果。」威廉伯伯感動地說：「是一件多麼美好的事。」

外婆擦拭眼角的淚，舒了一口悶氣。

「金妹，謝謝你。」威廉伯伯說。

海浪拍打在岸上的岩石，捲起一行行浪花，傳來激昂的聲音，挑起我心底的記憶，我到現在才明白外婆早前不喜歡外國人的原因。

原來外婆就是蘭婆婆口中精靈聰敏的「金妹」，怎麼我沒早就想到？

當年，外婆受着傳統觀念的枷鎖而痛失一段美好良緣，一雙戀人慘被分隔異地，在六十年後竟無意間再相遇，而同時發現大家的子女竟在續寫二人的情緣。

到底這種微妙的緣份是由誰個來牽引？

若果外婆不是回來此地觸景生情，相信也不會跟威廉伯伯相認。

二人的愛情已經昇華，變成真摯的友情，以後沒有人能夠分隔他們的感情了。

我看到此情此景感動得忍不住掉下一行熱淚，旁邊的樂

言也酸了鼻子，雙眼通紅。

樂言輕輕搭着我的肩膀：「你別哭啦，你哭的樣子很醜怪，像隻粉紅色的肥豬。」

聽到他的說話，我忍不住笑了出來，我被他弄得又哭又笑的。

「你兩個小鬼還不出來？」威廉伯伯高聲說：「我早就聽到你們躲在後面呢！」

我和樂言只好膽怯怯地走出來，一臉尷尬地道歉。

外婆和威廉伯伯也沒有怪責我們，只着我們要替他們保守秘密而已，我們當然答允啦。

太陽快要下山了，微風吹來鹹鹹的海水味道，我的內心百感交雜，替外婆的過去傷感之餘又驚覺重逢的可貴，幾十年的感情原來是如此堅固，當年的記憶總會埋在大家內心深處牢不可破。

這個世上除了愛情，還有不倒的友情，立時令我想到我身邊的好友們——樂言、子恒和福水，我也希望在六十年後，我們仍然會是一班真摯的好朋友。

第十一章

星空下的抉擇

　　過兩天就是外婆的八十大壽了，麗芬姨姨和阿倫打算親自下廚，於是他們這兩天常常在廚房學習做菜，又到街市買來一大堆材料，準備為一家人做出「九大簋」。

　　於是，我放學後也推掉三劍俠去玩的邀請，立即趕回來幫忙。怎料，當我踏入大門就聽到一把熟悉的聲音。

　　「希茵，你回來了？」

　　我一下子僵住了，竟然是媽媽。

　　媽媽回來了。

　　過了大半年，音訊全無的媽媽終於回來了。

　　媽媽換了一個短髮型，坐在客廳的籐椅子上。

　　「媽媽？」我放下書包走過去，緊張地問：「你怎麼回來了？」

「我特意給你一個驚喜呢！」

「你把債務都還清了嗎？還是打算躲到這裏避債？」

「你最擔心只是那些錢債嗎？」看來媽媽對我的直言有點失望，她頓一頓說：「放心吧，現在沒事了。我今次特地回來帶你走的，我買了機票，過幾天我們便可以到外國去重新生活！」

「到外國？那麼遠？」我不禁脫口問道。

想起幾個月前，我獨個兒跟多寶來到塘福村住在舅父的家裏寄人籬下，覺得自己被遺棄。我朝思暮想媽媽快點回來接我，我不斷地盼望着她的來電，等待着一把溫暖的聲音，可是卻遭到多少次的失望。

我甚至不敢追問媽媽的消息，生怕會引起舅父的不滿和外婆的擔心，我只好不斷說服自己，由衷地給她想一個離棄自己的藉口。

我努力改變自己不合羣的性格來融入新的生活，漸漸發現自己不再討厭田園的鄉土文化和簡樸生活，然後當我發現自己喜愛上了這個地方的時候，媽媽卻要把我帶走，要我再一次放棄我努力適應的生活。

我心裏充斥着不滿，卻不知怎樣開口。

此時，外婆從廚房端出已切好的橙來，說：「希茵，你回來正好，過來吃橙吧！」

「婆婆……」一股無形的壓力忽然聚集在心胸裏，令我的聲音都沙啞了，「媽媽説要帶我走。」

「我知道，她跟我説好了。」外婆把橙遞給媽媽和我，淡淡地説：「那你一會兒去執拾一下吧。」

我無奈，難道外婆也想我離開嗎？還是媽媽給她壓力，要她説服我回去？

「可是，我不想走。」我心中一凜，終於鼓起勇氣説。

「為什麼不走？」媽媽愣住了，然後説：「住在村子就只會是鄉下妹，這裏的學校也不好，將來升學會很困難的。」

「什麼鄉下妹？你以前不就是在這裏唸書嗎？」我故意放大聲量，抱怨地説。

「你想學我這般沒出息嗎？」媽媽放下手上的橙，臉上露出受不了我的表情。

「要是你覺得在這鄉下地方住沒出息的話，那你當時為什麼要我回來？」我昂然地駁斥道，「為什麼現在又要我跟你走！你有問過我的意願嗎？」

「我……早前媽媽有點事才要你過來住一下，現在我把事情弄妥了，能夠再照顧你，你就不用再麻煩外婆和舅父了！」媽媽氣得漲紅了臉。

「這次我出去以後，那什麼時候又會被送回塘福村？」我急不及待説：「我寧可待在這裏，不用無時無刻看見那些

紋身大漢！」

「是誰教你説這種話？以前的你不是這個樣子，你何時變得這般無禮？」媽媽走上前來，一巴掌摑在我的臉上，「是這裏的頑劣村童教壞你嗎？」

「你自己也管不好，你沒有資格管我！」我大聲吼叫，掩着臉跛腿衝出去了，不理會外婆的叫喊。

我一口氣往外面跑，一邊放聲嚎哭。

為什麼一切來得這麼突然？

為什麼我一直掛念的媽媽會突然變得這麼討厭？

為什麼當我好不容易融入了這個地方，跟朋友熟稔了，一切也安穩快樂的時候，媽媽竟要來把接我走？

這個鄉村不比外面的城市發達，但各人都很真誠。

這刻，我的腦海浮現出當日，媽媽要我搬來塘福村前兩天的情景：

　　「你欠我們的五十萬已經到期了，你還想拖？」兩個魁梧的紋身大漢一掌一掌地摑在媽媽的臉上，「你好大的膽！」

　　躲在衣櫃內抖震着身體的我，在門縫隙間窺看到媽媽蜷曲在地上，嘴角被打得吐出血絲，有氣無力地吐出一句：「哎……別打……我……過幾天便拿到錢還你的……」

多寶跑過去想咬那大漢，卻被大漢一腳踢開，牠痛苦地嗚咽着，爬到衣櫃前留守吠叫。

大漢想走過去把牠踢死，媽媽趕緊抱着大漢雙腳，大叫：「求……你……求你別傷害我們，我過兩日就還錢給你……」

「好，就相信你一次，過兩天我們會再來，你別想騙我們！走！」大漢把所有傢具打破，臨走前更加用力地多踢媽媽幾腳。

我發軟的雙腳根本不聽使喚，只有眼淚停不了地流下來，我的心很痛，痛得像是把身上的肉一刀一刀剝下來似的，很難受。

媽媽抱着肚子吃力地爬起來，把在衣櫃裏的我拉出來抱緊，輕輕抹掉我的眼淚，然後急不及待地致電舅父把我接走。

還記得被爸爸離棄前，媽媽非常疼愛我，她永遠買最好的東西給我，常常陪伴着我、教導我。

然而爸爸拋棄我們後，媽媽為了忘記那份創傷而迷上了賭博，她的心思全被「賭博」佔據，賭得天昏地暗，忘了我的存在，也忘了自己的責任，賭博令她到了無法自拔的地步。

我明白媽媽的苦況，但是，我也痛恨她的愚昧。

這段日子，我常常半夜驚醒，擔驚受怕，擔心媽媽在外

面因錢債而惹禍或遭不測，那種發自內心的擔憂實在無法用我懂得的詞彙去形容。

我不懂，大人的世界是那般難以理喻嗎？

跑着跑着，我累透了，擦着哭紅了雙眼，我發現我已經走了好幾段山坡。

這是上次樂言帶我看日落的地方，我雙腳累得再走不動，可是我仍是心心不忿，不想回家。

「喂！」背後一把聲音傳出來。

「是誰？」我抹去淚水往後一看，卻不見人影。

是蟲兒嗎？還是蜘蛛？我蹲下來往草地上搜索，卻沒有特別的發現。

「你在做什麼呀？」聲音從大樹後傳過來，發現躲在大樹後面的樂言悄悄探頭出來。

「你為什麼會在這裏？」我抽搐地問道。

「跟着你嘛！」樂言聳聳肩，把雙手抱着後腦，擺出一副漫不經心的樣子，「剛才見你紅着眼睛四處亂跑，便跟過來看看你在做什麼。」

「我……我……嗚……」我一想到快要離開三劍俠，我的心就酸了，忍不住抽泣起來。

「哎呀，你幹嗎哭呀？」樂言用力拍一下自己的頭頂說：「若是被福水看見你這怪模樣，又會説你是個 Big trouble 了！」

「什麼 Big trouble？」我強忍着淚水。

「Trouble 就是英文麻煩的意思嘛！你怎麼連這個也不懂？真是笨茶煲！Stupid and trouble！」樂言懶洋洋伸着懶腰。

想起「茶煲」這個花名以後再沒有人會再提起，我的眼眶不期然又紅起來了。

「喂，你別哭了，我只是説笑吧……」樂言看到我的眼淚顯然招架不來，懊惱地説。

但我哭得更悽涼了。

樂言就像那些中國變臉大師一樣，瞬間收起俏皮的臉譜，換上另一張成熟可靠的模樣。

他默默站在我身邊看着我流淚，他用手背一下又一下地輕輕拭去我臉上的淚水，很快地，他的手背都濕透了。

天漸漸暗下來，但我不想回家，我不想回去面對不負責任的媽媽，我發現自己從來未試過如此討厭她，我卻沒法掩飾自己的情感，我只想冷靜一下。

幸好樂言在我的身邊使我不用害怕黑暗，不怕迷路，也不怕野狗襲擊。我知道樂言會保護我，他的出現令我可以毫

無保留地發洩自己的情緒，盡情地嚎啕大哭。

「哭完沒有？」過了好一會，樂言見我終於平靜下來。

我搖頭，但通紅的眼睛再沒有掉下眼淚來。

「別難過，發生了什麼也好，我都站在你身邊。」他誠懇地說。

樂言在重要的時刻總會挺身而出，像位大哥哥一樣站在我的前方，為我擋住承受不了的壓力。

我也許是哭得太累了，手腳也發軟，於是我躺在草坪上，閉上眼靜靜地休息。樂言坐在我的身旁，哼着古老的曲調。

天空由藍色轉成紫灰，然後變為灰黑，今晚沒有月光，星星顯而易見。

黑的深邃令人不解，望着一望無際的夜空，我的心情反而變得平靜，在樂言的身邊我感到安穩。

在沒有月亮的夜晚，天空閃着忽明忽滅的繁星，涼風掠過草枝搖曳，我感到宇宙的偉大。

我感覺到青春的存在，體會到自己生存的快樂。

良久，我的心情才稍稍平伏，「樂言，我有話跟你說。」

「想跟我表白嗎？」樂言躺在我的身邊，跟我一起望着廣大的星空。

「才怪！」我被逗笑了。

我頓了一頓，說：「我媽媽回來了，她要接我到外國去

生活。」

「所以你就哭了？」

「嗯。」

他淡淡地說：「你……什麼時候走？」

「我不知道，我不想走。」

「那就別走了，你可以跟你外婆一起住的吧！」

我搖頭，閉上眼睛，緩緩地呼吸着空氣。

「那你會回來嗎？」他幽幽地問。

「外國離這裏很遠，又要坐火車，又要坐飛機的，我想我不會很常回來。」

「你捨得這裏嗎？」

「不。」我說：「但，我沒有選擇的權利。」

樂言久久沒有作聲，像是進入了嚴峻的沉思。

星空下，草原上，就只聽到我和他的心跳聲。

「十年之後，你猜你會變成什麼樣子？」樂言打破沉默，轉個話題，問。

「我嗎？我喜歡畫畫，希望可以做個快樂的畫家。」

「我不知道你喜歡畫畫呢，可以給我畫一幅人像畫嗎？」樂言說。

「好吧，就送你一幅吧！」我在半空中畫了個大圓圈，再點上笨笨的眼睛和嘴巴，笑說：「當我將來成名了，這幅

畫一定很值錢！」

「當你將來死了，這幅畫一定會更值錢！」他回復俏皮地說。

「樂言，嘴巴壞的人才會先死掉！」我被樂言弄得沒好氣，不過，心裏卻喜歡他的幽默。

樂言愛說笑，愛捉弄別人，像個小頑皮，但他也愛伸張正義，愛保護弱小，是個富正義感的男孩子。

「樂言，你將來又想當什麼？」我問。

「我想……想跟現在一樣的快樂，做什麼也沒所謂。」樂言回答。

「你為人樂觀，將來一定會很快樂的。」我歪着頭望向頭髮像鳥巢般的樂言，月光勾勒出他獨特的輪廓。

「我要跟喜歡的人一起才會快樂。」他補充說。

「那，你最喜歡誰？」我衝口而出。

「她就在我的身邊。」他一轉頭，一雙深邃的眼眸剛好與我對上了。

我一怔，突如其來的一句話令我心跳瞬間加速，暈紅了雙頰的我呆了半响才懂得回應，「大騙子。」

「嘻嘻。」他擦擦鼻子，輕輕笑了一聲，沒有再討論下去。微風輕拂，帶來一陣蟬鳴，伴我入睡。

累透的我彷彿聽到蟲兒竊竊私語，但，我沒氣力張開哭

得累死的眼睛。

過了好一會兒，待我再張開雙眼，發現樂言正傻傻地看着我。

「怎麼了？我的眼睛很腫吧！」我在他的眼眸裏看到自己的雙眼腫了一圈，很醜。

「跟平時沒兩樣。」樂言搖搖頭，尷尬地避開我的眼神。「很晚了，回去吧。」

「我很累呢，多睡一會可以嗎？」我懶懶地說。

「來吧，我揹你回去，你在我背上多睡一會吧。」

我爬到樂言溫暖的背脊上，原來，他比看上去的更強壯。我把下巴貼在他橫挺的肩膊上，迷迷糊糊地又再睡去了。

我依稀記得自己做了一個甜夢，夢境中很溫暖，我拖着爸爸跟媽媽，快樂地看星星，我捨不得離開這個令人回味的夢境，好想就這樣一直延續下去。

「醒啦大笨蛋。」樂言溫柔地說，蹲下來輕輕把我放下來。

我揉揉眼睛，雙腳着地說：「謝謝你。」

「傻瓜。」他輕輕拍拍我的頭，說：「明天還要上學，不要遲到啊！」然後轉身離去。

我回過神來，走進大屋，大門虛掩着，大屋的燈已經關上，我躡步走進屋子裏。

經過大廳，我看到外婆伏在桌上睡着了，我知道她一定是在等我，要一個老人家這麼費心，我的心裏很是難過。

　　看着外婆的模樣，我生怕她會着涼，輕輕把毛衣披在她身上。

　　「希茵，回來了嗎？」婆婆醒了，說：「餓了嗎？」

　　「婆婆，對不起，把你吵醒。」我說：「你不回房睡嗎？」

　　「傻孩子，我留了飯菜給你，我拿給你吧。」外婆揉揉眼睛，走進廚房。

　　我摸摸扁扁的肚子，咕嚕咕嚕的，才發現肚子早餓了。我把外婆端來的飯菜大口大口地吃起來。

　　「希茵啊，」外婆苦口婆心地說：「不要怪你媽了，她早前去了戒賭輔導所接受治療，好不容易才成功戒賭的。」

　　「是嗎？」我冷冷地道。

　　「半年前，你媽媽知道自己染上賭癮會害了你，於是立下決心去戒掉惡習。然而她怕失敗沒有面目來見你，所以才沒有一早告訴你，她有這樣的決心實在很難得。」

　　我低頭吃着飯，沒有回答。

　　「她心底很着緊你唷，一有機會就致電回來問你的情況，只是她定了目標，說在成功戒賭前沒面目見你，她不想再令你失望，才沒有直接聯繫你。」外婆輕聲說：「她從小就很

愛護家人，記得她在小時候，每天都會跟我一起去種田。收成不好的時候，她總會把最好的瓜菜讓給弟妹，最差的留給自己吃。」

我默默地把涼了的飯菜放進口中，聽着外婆説。

「你媽媽對家人很好，十五、六歲就到城市打工賺錢，把工錢全都拿回家來，又買糖果和新衣服給弟妹唷。」外婆歎了口氣，續道：「無奈她倔脾氣，看不過眼她的父親和曾祖母對我不好，常常與他們吵鬧。」

「於是她就很少回來塘福村？」我問。

「是，有一次他們爭吵得很激烈，你的外公不准她回來，自此她就沒有回來了。」外婆説：「直到你的外公、太婆也不在人世，她才偶爾回來探望我們。」

我恍然大悟，原來媽媽有這樣的原委，怪不得她很少帶我回來呢。

「你舅父覺得是你媽氣死你的外公，又覺得你媽常跟昆蟲説話，怪裏怪氣的，所以就不喜歡她。」外婆皺着眉頭説：「我想你媽心底也不願到外頭去，不過，要開始新的生活，這是最好的辦法。」

我心裏不是味兒，感覺心胸鬱悶、酸酸的很難過，嚥不下最後的一口飯。

「實情你媽一直都很重視你，在這個時侯，她更需要你

的支持。」外婆摸着我的頭,説:「你想留在這裏也好,想跟她到外頭去也好,由你自己選擇,你好好想想吧。」

外婆自顧自回到房間,把我留在大廳裏靜靜思考。

一時間,我的心情很複雜,一邊廂,我已經習慣住在塘福村,我喜歡、嚮往這般簡樸的生活,但是,外婆年事已高,我怕自己留在這裏會加重她的負擔,成為她的負累;另一邊廂,聽到外婆剛才的一番説話,我覺得媽媽一直很可憐,很需要我陪伴在她的身邊,然而,有誰能保證媽媽以後不會重蹈覆轍,再投身賭海?

我感到很迷茫,未來像是白茫茫一片,看不清楚前路。

究竟,我應該怎麼辦?

未完的映畫

　　晨曦，我一整晚眼睜睜地看着天花，輾轉反側的我整晚也睡不着，於是乾脆早些換好校服，出去四處走走，好好欣賞一下這條簡樸而美麗的村子。

　　我滿腦子充斥着自己應該去與留的問題，我不停地把一些好處跟壞處作比較，幻想將來如何面對遇到的問題等等。

　　想着想着，我相信其實答案已經出現在心中，只不過，我不太願意去面對。

　　走出大門，伏在地上睡覺的多寶立即豎起耳朵，然後張開睡眼惺忪的眼睛，站起來把手腳伸得直直的，準備好跟我一起走。

　　多寶是一隻懂人性、乖巧的狗兒，一路以來，多得多寶陪伴在我身邊，有了牠，我不會感到寂寞。我在想，假如有

一天我真的要離開，我捨得與牠分離嗎？

塘福村的環境更加適合多寶生活，清新的空氣、廣闊的土地，還有一班狗兒跟牠玩耍，相反牠在村外的活動空間就變得非常狹窄了。而且外婆也很喜歡多寶，把牠留下來也許是最恰當的做法？

多寶跟我沿着那條田澗小路走，天開始光亮，天空泛起魚肚白，朝露停留在葉子上，公雞啼叫，路燈自動熄滅，新的一天正式來臨。

早上的一草一木好像份外美麗，似是為我快要離開留下一個美麗的印記。

在這個地方，三劍俠和我曾爬上蘋果樹摘果子，我們坐在樹丫上津津有味地享受驚心動魄得來的果實；我們曾經在夜裏捕捉青蛙，卻被迎面撲來的大青蛙嚇得半死；我們曾經頑皮地與海水糾纏，在大風雨中看巨浪，在沙灘上留下快樂的足跡，草地上也留下了我們的腳印。

直到今天，我感覺一切都被裝進書包裏去，準備告別這個充滿歡笑的地方，走上另一段漫漫路途。

望着蔚藍的天空，我終於想通了，時間的流逝將會淹沒許多往事，但同時亦會出現許多新的事物，往事始終會過去，最重要的，是永遠存在心中的記憶。

我的離開，意味着將來的重逢。

　　在最後的課堂上，我特別留心上課，在筆記上記下校長所說的每一個重點，耐心地聽他唸書，盡力回答他的問題。我在想，人們是否都只會在限定的時間，才會珍惜剩下來的時光？

　　「我要走了。」放學的鈴聲響起後，我收拾好書包，淡淡地對三劍俠說。

　　「笨蛋，放學後不走難道留堂嗎？」福水不屑地說。

　　「你要到哪裏去？」子恒明白我的意思，低下頭摘下眼鏡，用衣袖擦了擦鏡片。

　　「我媽媽回來接我出村去，我們很快便會離開。」我沉重地回答：「今天是我跟你們一起上的最後一課。」

　　福水呆住幾秒，眼睛突然像通了電的燈泡亮起來，他從椅子跳起來，怪叫道：「什麼？你沒騙我們吧！」

　　我苦笑搖頭。

　　課室的氣氛頓時凝住，樂言裝作若無其事一樣，不發一言。

　　「不如，明天晚上我們再去禿鷹岩看螢火蟲好嗎？」我建議，「我很想再去看一次美麗的綠光。」

　　「你不是答應你外婆不再去禿鷹岩嗎？」福水反問。

　　「這次我會帶着多寶，而且有你們跟我一起就不怕了！」我雙手合十，認真地說：「我很想在臨走前再看看那個神秘

的洞穴啊！」

「好吧。」子恒難得地主動舉手響應，「明天晚上我們一起去禿鷹岩吧！」

「你真麻煩，明晚有電視劇大結局呀！」福水叉着腰，不滿地説：「而且後天又有小測驗。」

「哈哈，你這個大冒失鬼可別再迷路呀！」樂言沒有理會福水，他抓抓鼻子説。

我們約好了明天晚飯後八時半準時在山洞裏等，遲到的要被大家畫成大花臉。

回家路上，淡紅的陽光灑在草坪，誰都不想作聲，世界突然寧靜得可怕。

歲月從我們的耳邊流過，不斷往後跑去，沒有人能夠停住它的步伐，只可看着它漸漸遠離。我們的成長路上充滿着彼此，我決不會忘記這一段跟三劍俠一起的印記，我深信我在大家的心中也會佔據着一個重要的位置。將來，我們又會再聚頭，一起細説這一段難忘的往事。

「你看！很多大雁呢！」我指着奶白色的天空説。

一羣大雁在屋頂飛過，大雁有秩序地排成一行，誰也沒有越過誰。

「共有十二隻呢！」樂言説。

「不，十三隻才對。」福水伸出手指，在空中點算着，

自信地說。

「我看到共有十一隻呢。」子恒托起眼鏡瞇起雙眼凝視着天空，喃喃地道。

我們四人仰着脖子數來數去，點算的結果各有不同，大家都認為自己是對的。我們一邊數，一邊鬥嘴，一路上充滿歡笑。

時間過得特別快，媽媽的回來令我突然提早結束了這趟青春旅程，我永遠不會忘記這段歡樂的時光，和一羣真摯、珍貴的友伴。

我們的回憶，像一場剛上演的映畫，主角有我、樂言、子恒、福水和多寶，還有外婆、舅父、媽媽、麗芬姨姨、阿倫、威廉伯伯、子恒爺爺、柏言，也有飾演路人甲、乙、丙的村長興叔、蘭婆婆、三婆婆和一眾村民。

我們在塘福村這個場景生活，這裏有老屋、山林、學校、河流、沙灘、森林……亦有美麗的日出、日落、白雲、繁星和很重要的小昆蟲……

這是一套最好看、最令人回味的映畫。

雖然我不太願意，但再三思前想後，我都覺得自己應該支持媽媽，跟她一起到外國開展新的生活。我做了決定，等慶祝外婆的八十歲大壽後，我便會跟媽媽離開塘福村。

回到家後，我走到田裏找外婆跟媽媽，媽媽正坐着跟外

婆談天，我望着她倆的背影，突然感受到二人過去承受的辛勞與不幸。

我覺得自己有責任令家人幸福快樂，於是，我放下了我的執着，原諒了媽媽。

「媽媽、婆婆。」我走到她們跟前，說。

「希茵？」她們不約而同地轉過身來。

「媽媽，我跟你走吧。」我堅定地說。

「嗯！」媽媽高興地點頭，此時我才發現她的眼裏透着濃濃的疲憊和擔憂，她撫摸着我的臉，說：「對不起，希茵，一直難為了你。」

我搖頭，然後低着頭說：「應該是我跟你說對不起。」

「沒事了，那就好。」外婆看到我們和好，忍不住含笑掉下眼淚來。

媽媽一手抱我入懷，不停地流淚，伏在她的懷裏，我清楚地聽到她的心跳，這種聲音跟從前一樣動人。

第十三章

螢火蟲的微笑

終於來到冀望已久，外婆八十大壽的大日子。

麗芬姨姨和阿倫一早就駐守廚房，正七手八腳地舞刀弄鑊，努力準備今晚的飯菜，為外婆的八十大壽好好慶祝一番。

「麗芬姨姨，阿倫，有什麼可以幫忙啊？」我探頭到廚房問。

「早安，希茵。你這麼早就起來了。」阿倫帶着外語的鼻音，一字一字小心地說。

「早呀，我今天很早便醒過來了，一直在房間收拾衣服。」我說。

「是啊，聽老媽說你跟大姐過兩天就要離開塘福村了，難得一家人都回來了，你們卻這麼快便走。」麗芬姨姨歎了口氣。

「我也捨不得，因為媽媽替我報名的學校快要開學了，所以我們不得不走。」我無奈地説：「幸好大家今晚也能一起替外婆賀壽，全家人可以好好的吃一頓晚飯。」

「對，今晚的餸菜很豐富，有『龜』、有『鴉』、也有『花菜』和『臭飯』，還有許多甜點……你們一定吃得捧着肚皮呢！」阿倫得意洋洋地説。

「哎呀！是『雞』、『蝦』、『蔬菜』和『炒飯』呀！」麗芬姨姨用鑊鏟手柄輕輕敲打阿倫的頭。

看着他們在廚房快樂地玩「煮飯仔」，我想還是不要做「電燈泡」了。

趁着還有一些時間，我帶着多寶在村子散步，我走過與三劍俠一起游泳的沙灘、一起捉蟹掘蜆的石灘、一起露營、野餐、燒烤、放風箏的草原，還有住着許多牛隻的老虎潭，每一處都滿載着我們的歡笑聲。我輕輕吐出一口氣，按捺那分離愁別緒。

黃昏，我從遠處看到外婆家屋頂的煙囪緩緩升起一條又一條連綿不斷的炊煙，彷彿在提醒我晚飯的時間即將來到。

我回到家，令人期待的「九大簋」隆重出場了，美味的餸菜擺滿桌面，香氣四溢。

一家人吃得非常開心，媽媽不時給外婆添餸，又問候舅父的健康，更對家人坦誠地講述自己在戒賭治療時的經歷及

心情，雖然阿倫不能夠完全明白媽媽的意思，但看出他也很努力地留心聆聽着。

原來，戒賭治療是個嚴峻的歷程，所有在治療中心的人都要培養良好的生活習慣，作息定時，飲食定量，嚴守中心的規矩。然後專家會就每個人的背景及經歷去評估大家的戒賭動機及替他們釐定目標和策略，經過各方面的配合，再加上戒賭者的決心才能成功戒除賭癮，這個過程實在是不容易熬過的。

而舅父經過上次暈倒留院後，待在病牀那兩星期令他感受良多。他像是了解到生命的可貴，感受到親人對自己的重要，令他對其他人的看法也轉變了，變得更豁達，更易於接近。

現在的舅父比以往懂得珍惜親情，少了粗聲粗氣地呼喝外婆，同時放下了一貫的堅執，與媽媽和好了。他還跟大家一面吃飯，一面暢談他們童年的趣事呢，我在旁邊聽着也覺得很溫暖。

這是我吃過最豐盛的晚餐，全家人也難得齊坐一起，阿倫與威廉伯伯更合奏為外婆高唱傳統的祝壽歌，弄得外婆啼笑皆非。麗芬姨姨更親手做了一籠傳統的壽桃給外婆呢！大家捧着脹大的肚子，非常滿足。

晚飯後，我們坐在花園，在明亮的月光下，一邊吃外婆

親手種植的水果，一邊談天說笑。

到了八時，我便帶着多寶到約定的地方去等待三劍俠。

「禿鷹岩」的入口不遠處仍然豎着「危險，別內進！」的殘舊標示，但我這次有多寶的陪伴，我再也不怕了。

走到半路，多寶突然站立在一棵大樹前，仰望樹上發出「呼呼」的咆哮聲，我跟着向上望去，看到一條小毛蟲在蠕動着身子。

我撫摸着多寶的頸項，安慰牠說：「不要怕，這只不過是小小的蟲兒，牠不會傷害我們的，外婆說過這些蟲兒的膽子比我們還小得多呢！」

蟲兒搖晃着身體，從樹上滑下來，向我點頭。

「雖然我實在不知道為什麼有時聽到你們的說話，有時卻聽不到，但，我很想跟你們說聲再會。」我望着蟲兒，喃喃地說。

「其實我們一直都聽到你的說話呢！」紫灰色的毛毛蟲聳聳鬆厚的毛，停留在樹丫上回應着。

「咦，你不就是上次在湖中央我遇到的那條毛毛蟲嗎？你還未變蝴蝶嗎？」我仔細端詳着牠，猶豫一下問。

「我是一條不會變形的毛蟲，」毛毛蟲解釋道，兩根觸鬚微微抖動，「你擁有一顆純真善良的心靈，而且相信能夠與我們溝通，當然你能夠聽到我們的心聲。」

「那還有誰能夠聽到你們的心聲？」我着急地問。

「聽說在很久以前，有一位小女孩來到這個森林，她能夠跟我們溝通，還常常過來探望昆蟲，正因如此，她成為了其他人眼中的異類。」毛毛蟲搖頭說：「其他人更因為這樣開始討厭她，排斥她。」

「多麼可憐的孩子！」我咬着指頭說，心裏替女孩難過。

「過了幾年，她離開了這村子後，就沒有再回來森林了，」毛毛蟲說：「但善良的她臨行前還替我們保護這個森林，保護我們的家園，在入口處寫上警告字句，令外來人不敢騷擾我們，我們真的很感激她呢！」

我想着想着，毛毛蟲所說的，難道就是我的媽媽？難道森林入口那殘舊牌子是當年媽媽寫的？

我不禁想起舅父曾經說媽媽老愛跟蟲兒說話，莫非我能夠聽到昆蟲的心聲這能力是由媽媽遺傳下來？回去後我一定要向媽媽問個明白。

我深信媽媽曾經也是個天真善良的女孩，她愛護家人、性格直率，可是生活磨人令她不自主地改變了自己的個性。我的心裏不是味兒，心想將來更加要對媽媽好一點，彌補她曾受的痛苦。

「你離開後還會回來嗎？」毛毛蟲隨着纏在身上的絲滑下來問。

「我一定會再回來。」我堅決地許下承諾。

這是我跟蟲兒的約定，我一定要保留這份純真的心，將來再一次跟蟲兒談天說地。

然後，我便告別了毛毛蟲，向着螢火蟲洞進發。

來到黑暗的螢火蟲洞，一顆顆如寶石般發光的螢火蟲同樣的美麗、精緻，牠們帶着笑臉飛過來我的身邊。

多寶也感到驚訝，牠好奇地四處跑來跑去，濕漉漉的黑色鼻頭不停嗅着石壁上小蟲兒。

「各位蟲兒，我明天就要走了。」我轉圈向四方八面的螢火蟲道別。

「你要走了嗎？」一隻小螢火蟲嗡嗡地問。

「你要去哪裏啊？」另一隻螢火蟲飛過來說。

「那你何時再回來探望我們呢？」掛在石壁上的螢火蟲媽媽問。牠們飛來飛去，吱吱喳喳地問，聲音高高低低，像是合唱着一首動聽的歌兒。

「我明晚就要跟媽媽走了，我想短時間內也不會回來。」我不捨地說：「我很喜歡這裏的生活，也很喜歡你們，還有我的幾個要好的朋友，這裏的一切帶給我美好的回憶，我一定會掛念你們的！」

「你在跟誰說話？」一把耳熟的聲音在山洞的另一端內傳出來，把我嚇了一跳。

「咦？子恒？原來你一直在這裏！」我瞇起眼睛細心一看，瞳孔漸漸適應山洞裏的光線，剛才沒留意子恒原來一直蹲在一邊欣賞着螢火蟲兒。「你早到了呢！」

「你也早到了！」他好奇地再問：「你剛才在跟螢火蟲說話嗎？」

「我……」我不敢回答子恒的問題，怕他會當我發瘋的自言自語，「我……沒有。」

這裏的泥土黏黏濕濕的，子恒找來一塊平扁大石，招手叫我一起過去坐，於是我們坐在大石上，背靠着背，然後他彎下腰，我身體立即向後傾斜。

「嘩！很美麗啊！」我躺在子恒的背脊，看着山洞頂的繁星，不，應該是發光的寶石，一閃一閃的，比上次更閃爍，更光亮。

「我剛才研究過了，這個位置看山洞是最美麗的。」子恒彎着腰說。

他說得很對，這樣看山洞頂的確很舒服，山洞裏有點點涼，但是背靠着他感到身體傳來的微溫，我的身體頓時也溫暖起來。於是我也彎下腰，換他倚靠在我背脊上，方便地看高處的螢火蟲。

「子恒，你相信人類能夠跟昆蟲溝通嗎？」我猶豫了一會，問子恒。

「我相信。」子恒認真地說：「世界上無奇不有，我曾經在書本中看到一位外國人能夠跟小白兔溝通，其他國家也有發現由豺狼養大的孩子，還有懂得算術的馬兒，會買東西的猴子……」

「子恒，你真的懂很多事呢！」我讚歎地說。

「爺爺喜歡看歷史書，他說歷史不斷重複着值得深究，而我就喜歡看跟科學與自然有關的書，它讓我更加了解這個世界。」子恒補充說：「我深信這個世界是充滿不可思議的東西，沒有不可能的事。」

「平日的你很少說話，但原來你是個見解獨到的人。」我挺起腰板，轉身看着他說。

「沒有……哪有……」他擦擦鼻子，不好意思地說。

「既然你相信，我就跟你說我的大秘密啦！不過，你要答應我，不會跟其他人說啊！」我強調。

子恒一直給予我一種值得信賴的感覺，溫文冷靜的他心思細密，而且善解人意，我相信他會替我保守這個秘密。

「嗯。」

我深深吸了一口氣，然後頓一頓，細細在他耳邊說：「我……我其實聽得懂昆蟲說話呢！」

「真的？」他瞪起雙眼望着我，驚訝地叫了出來。

「你不相信嗎？」

「不⋯⋯不⋯⋯我相信你！」子恒緊張地說：「牠們會跟你說什麼？」

「其實⋯⋯我也不是常常聽得到，有時牠們會唱歌，有時會說笑。有一次我跟威廉伯伯失散了，是一隻甲蟲帶我去找到他的。」想起一幕幕舊片段，我興奮得手舞足蹈：「我覺得，這種能力是媽媽遺傳給我的。」

「啊，難怪你剛才似是自言自語啦！你知嗎，我剛剛真的點害怕呢！」他偷偷地笑了：「你很厲害啊！」

「我們各有所長吧！」我感到很高興，能夠與人分享我的秘密感覺真好。

我突然想出一個方法令二人能夠同時仰望山洞頂，我把身體往前移，然後再背靠着子恒，在我們的背脊之間出現了一個三角形的小空間，於是我們把頭靠在大家的肩膊上，就能同時看到掛在半空中的螢火蟲了。

我聽着螢火蟲兒為我歌唱，呼吸着清新的空氣，感受着子恒溫暖的體溫，這個感覺很奇妙。

「既然你告訴了我這個大秘密，我也把我的秘密跟你交換啦！」子恒沉默了好一會，說。

「那很公平。」我用力地點頭。

「我很快也要離開塘福村了。」子恒說。

「不是吧！為什麼呢？」我吃驚地問道。

「爺爺不久前收到外國的考古學家協會的邀請去當地做顧問，研究新發現的文物，我們很快就要走了。」子恒歎了口氣説。

「你一定要跟他走嗎？」我問。

「是的，其實在七歲的時候，我的父母遭遇車禍去世，然後我就被安排住在孤兒院了。」子恒説：「後來，幸好我被爺爺收養了，自始我就跟着他一起生活。」

「啊……原來他不是你的親生爺爺，難怪你們的樣貌和性格也不相似呢！」我擺出一副不敢相信的表情來。

「爺爺一直很疼愛我，因為當年我體弱多病，他只好放棄了當年的考古工作全心全意照顧我。」子恒感激地説。「現在他有機會再投入工作，而我已長大了，能夠照顧自己，我不想令他有遺憾。」

我默默地聽着子恒的説話，心裏替他難過之餘又覺得他很成熟、很懂得人情世故。

原來每一個人也有不為人知的故事，每一個人的心裏也承受着不同的包袱。如果我們只關心自己，就只會埋怨自己的不幸，但當我們去留意別人的事，就會發現彼此也有不同的煩惱。

沒有人天生一切都順心順意的，我們生存就是要去解決問題，我也要堅強地活下去，我要愛護身邊的人和物，珍惜

生命，無怨無悔地生活才令生命有價值。

跟子恒談心事很舒服，他的語氣總是平和的、親切的，令人心情安穩。

「咦，原來你們已經到了！」福水咬着冰條走進山洞大叫到。

原本寂靜的山洞突然迴盪着福水的叫聲，我和子恒都被嚇了一跳，子恒轉身時一不小心親了我的臉，令大家非常尷尬。幸好福水在黑暗中看不到這一幕，否則就被他嘲笑好一會。

「嚇死我們了！」我立即站起來，拍打着福水說。

「你們怕什麼？呵呵……我知道了，你們一定是在拍拖！」討厭的福水高聲呼叫：「好醜，好醜，被我揭破你們在拍拖！」

「你別胡說！」我着急地說，伸手想掩住他的嘴巴。

「你們輕聲點吧，」子恒蹲在地上，回頭作了個手勢對我們說：「這些小蟲很怕吵的啊！」

福水向我做了個鬼臉，然後跑到石壁看這些美麗的小昆蟲，得到上次的教訓，他不敢再徒手捉螢火蟲了。

就在此時，樂言也來到了，我們看看錶，剛好是八時半，沒有人遲到，沒有誰需要被罰。

我們四人坐在石子上，身體互相背靠着，一面看着四周

的螢火蟲發出的光點，一面想像把光點連結成的圖案。

「你看，這邊的光連起來像隻蜻蜓！」我説。

「這幾顆連起就是一條香蕉！那邊像隻雞腿！」貪食的福水把所有螢火蟲都變成了食物。

「哈哈，那裏連起來像一頭綠色豬，很像福水！」樂言怪叫，頓時把福水氣得七孔生煙。

山洞裏傳出我們此起彼落的歡笑聲，雖然快樂的時光不會為我們停留，但，我們將不會忘記這些快樂的日子。

天下無不散之筵席，我們約定了十年後的今天要再回到螢火蟲洞聚會，再一起快樂地看綠色的星光和訴説心底話。福水説這個建議很老土，但在樂言和子恒的軟硬威迫下，他最終也答應了。我們四人勾過手指，許下十年之約。

初秋的天氣清涼，我們走出森林，子恒騎着單車回去水口村，福水也匆匆忙忙趕回家看預先錄影的劇集大結局。

樂言堅決要把我送回家，其實，只不過是幾間屋之隔而已，而且有多寶在我身旁，他又何必擔心呢？

來到大屋的門前，樂言突然翻開我的手掌，在我掌心畫了幾下。我不解，雙眼睜得圓圓的看着他。

「十年後，你一定要回來啊！」他抓抓頭，繼續説：「我會學習做一個尊重女性的圍村人，你要等我啊！」説完後他轉身就走，留下滿心疑竇的我站在大屋前。

　　未幾，我回過神來，自顧自走回屋子裏，耳邊卻迴盪着樂言的説話。

　　雖然我不知道他在我手心畫了什麼，我更從來沒想過，以前説過的一番話會扭轉樂言對男女平等的觀念。但他突如其來的承諾使我的心怦怦直跳，久久未能平伏。

繾綣歲月

神氣的公雞為我啼叫，活潑的小鳥為我歌唱，友善的蟬兒向我問好，和煦的陽光溫暖我的臉龐，溫柔的清風輕撫我的髮梢。

還記得剛來到塘福村的日子，我是如何討厭這些擾人清夢的東西，此刻卻十分的懷念。

大清早醒來，我推開窗子，望着翠綠的樹林和連綿不斷的山丘，單是回想着這半年來多姿多彩的生活，已經夠我微笑好一會。

在塘福村的每一份經歷，都是我珍貴的回憶，深刻地印在我的心裏，那些真摯的親情、患難的友誼、還有那些深夜流過的眼淚、淋漓的痛楚令我漸漸成長。

其實我對未來沒有太多的規劃與奢求，對於我，最重要

的就是身邊所有人都得到快樂。我答應自己，從今天起每天張開眼睛都要微笑，都要珍惜一切所擁有的。

我不捨地把衣服一件一件摺好收進行李箱內，時間有時真是快得令人感到莫明其妙，我還記得當天的我多不願意把衣服一件一件從箱子裏拿出來，這份極端的感覺倒真有趣。

我從小窗往下看，見到舅父正在花園裏採摘葡萄。他站在小椅子上把掛在棚架上的一串串晶瑩剔透的葡萄採下，然後爬下椅子放在地上的盆子裏，又再次爬到椅子上，好不辛苦。於是我立即跑到花園，替他托起盆子接着採下的葡萄。

陽光從葉子之間透射出來，我舉頭望着舅父，他的樣子依然是那麼嚴肅，令人望而生畏，不易靠近。

「你去洗一下葡萄吧，然後就可以吃了。」舅父見整個盆子也盛滿了葡萄，於是從小椅子爬下來。

我走到門前的水管前，用冰冷的開水沖洗着新鮮的葡萄，葡萄又大又圓，看來很美味似的。我把洗好的葡萄拿到坐在樹蔭下的舅父跟前，坐下來一起吃着。

舅父張開大大的嘴巴，一下子把四、五顆葡萄全部扔進口裏，豪氣地咀嚼起來，不消一分鐘又把葡萄核完整地吐在泥土上。

「盆子裏許多葡萄呀，你為什麼老是挑最小的來吃？」舅父一邊看着我，一邊取笑我説：「你跟你媽一樣的愚蠢。」

「我們才不愚蠢，」我細細咀嚼：「反正我們都會把葡萄吃掉，由最小的葡萄吃起來，於是下一粒較大的葡萄吃着就會更甜，越吃越好味道，心情也會越來越好。」

「所以説你蠢，我們二人一起吃葡萄，我把大的都吃掉了，你就只能分到小的來吃！」

「難道吃小的就是愚蠢嗎？媽媽曾説過，能夠與人分享是美事，比自己獨自得到更加快樂的。」

舅父一時語塞，若有所思地繼續大口大口地吃着葡萄。

「舅父，謝謝你這段日子一直照顧我。」我誠懇地説。

舅父淺笑了一下，臉上突然多了一個酒窩，跟媽媽一模一樣。我把最後一顆葡萄放進口裏，默默地享受着這份甜甜的味道。

「假如你出去後有什麼事，就致電過來吧。」舅父別過臉把葡萄核堆在泥土內。

我知道冷酷只是舅父的外表，其實他也有關心家人的一面，尤其是在他病癒之後，臉上多了笑容，少了臭屁臉，倒是令外婆心寬。

在這半年間，我體會到親情的重要，我察覺到身邊的每一個人對親人有了更深的感受，我們懂得互相珍惜和欣賞，尊重彼此，令生命更加美麗。的確，生命是有限的，能夠活得無悔，活得有意義才是最重要。

也許是心情影響，今晚的飯餸份外美味，香濃的鮮魚湯、清甜的家鄉白菜、滑溜的梅子蒸雞、香噴噴的炆牛筋骨，還有我最喜歡的軟滑百花釀豆腐。

　　吃過晚飯後，外婆把一大袋瓜菜放進我的行李裏，叮囑媽媽和我要萬事小心。

　　雨點輕輕落下，似是替我的離開灑下眼淚，增添一份離愁的傷感。外婆、麗芬姨姨、阿倫與威廉伯伯也送我們到村口去，由舅父載我們到機場去。

　　我走進小貨車後把門關上，多寶此時才知道我要離去，牠不捨地向我撲過來，四肢不協調地抓弄着車門，不停慌忙地吠叫。

　　我非常難過，實在不捨得與牠分離，畢竟多寶已經陪伴在我身邊五年了，是我生命中重要的好朋友，可是我此刻並不能帶牠出國。我跟麗芬姨姨商量後，由她幫多寶辦理出境手續，待媽媽和我安頓好再把牠接過去。牠大概一個月後才能跟我匯合，只好暫時把牠留下給外婆照顧，我強忍的眼淚快要衝破眼眶了。

　　「多寶，我很快便會接你到我身邊來，這段時間你要乖乖聽婆婆和舅父的話啊！」我伸手到窗外抱住多寶的頭，看着牠一雙水汪汪的黑眼睛，感到牠在傷心顫抖。

　　貨車的引擎已經啟動，我揮手向大家告別，此時，我突

然聽到幾把熟悉的聲音。

「茶煲！等一等！」

三架單車飛奔似的迎面向車廂衝過來，原來是三劍俠，我感到相當意外，從沒想過他們會來送別。

「差點趕不到！」樂言喘着氣說：「都是福水壞事！」

「不關我事呀！是子恒慢慢麼麼吧！」福水撒賴道。

「才沒有，是樂言三催四請才肯來。」子恒托起圓圓的眼鏡說。

三人竟然還準備了禮物，他們各自把禮物從車窗遞進來，並向我送上祝福。舅父在提示時候不早，我只好與他們匆匆揮手道別。

車開了，我不敢回頭望，只好從小小的倒後鏡內窺視眾人漸小的身影，我的眼淚再也忍不住，好像瀑布般一下子傾瀉下來。

小貨車仍舊搖擺不定，雨越來越密，刮打在車窗上，就似刮打在我心頭上。我緊緊倚傍着媽媽，在她的一雙溫暖臂彎下，我激動的心情才得以慢慢平伏。

我首先打開福水交給我的禮物盒，內裏藏着一隻小蝸牛，還有一些小花和小草，蝸牛的殼竟然歪歪曲曲地寫着福水的大名，這份禮物可真特別，他到底有沒有想過我如何才能把牠帶上飛機。

接着，我拆開子恒給我的禮物，是一本世界奇趣錄，書的中間夾着一片小書籤。我隨着書籤翻開來看，這一頁是介紹人類能夠與動物溝通的感人故事，我再翻轉書籤，看到子恒秀麗的字跡寫道：

親愛的希茵，

　　活着的樂趣就是大家也不知道明天會發生什麼事。

　　今天你我分隔多遠也好，總有聚頭的一日。

　　我期待這一天的來臨。期待與妳分享更多的秘密。

　　請珍重。

子恒

子恒輕托他那厚厚眼鏡的樣子立時呈現在我面前，看着這一片小小的書籤，我會心微笑，有着説不出的感動。

最後，我打開樂言送我的畫簿，這是一本精心繪畫的紀念冊，藏着一段段難忘的回憶。

第一幅：我們第一天相遇的情景，我正看着頑皮的三劍俠陶醉地切斷活生生的蚯蚓，而我的臉就被塗成了青色。

第二幅：我們在沙灘捉蟹，福水滑倒在水中，全身濕漉漉的，還被巨蟹鉗住腳趾，痛得嘩嘩大叫。

第三幅：我們在課室上課，校長在寫黑板，福水偷偷伏

在桌上睡覺，子恒在抽屜偷看小説，我偷偷在課本上畫圖畫，樂言就偷偷看着我，這個情景十分有趣。

第四幅：我跟樂言在看日落，晚霞把我們薰得臉蛋通紅，我倆拖着一條斜斜的影子，夕陽真的很柔和。

第五幅：我們帶着柏言一起看舞火龍，大夥兒圍着火龍在跳舞，煙霧瀰漫，就像置身在夢中一樣美麗。

第六幅：我們四人在螢火蟲洞看着奇幻的綠光，大家背靠着背，手牽手快樂地談起未來。

最後一幅：在大屋前，天色昏暗，樂言在我的手心畫了一個心，啊！原來是一個心。他把自己的臉塗抹了兩片緋紅，並簡單地寫了幾行字。

茶煲：

　　　別忘了十年之約，你千萬千萬要等我啊！

祝你幸福，不要流淚。

大哥哥樂言字

此刻，我的臉頰突然傳來一陣熾熱，腦袋混沌一片，一種怦然心動的感覺不知從何而來，一幕又一幕舊日的片段瞬間浮現在我眼前，這個夏天，我的青蔥歲月，都一一刻在小小的塘福村裏。

我不敢相信樂言竟能在短短一天內，完成這本畫滿心思的禮物。

我雙手緊緊握着樂言送我的畫冊，淚水凝住在一雙通紅的眼眶裏。

　　我不要哭，我會幸福的。

　　從今天起，我們也要開展各自的路。也許我們會遇到許多不一樣的樂事，也許我們會面對許多新奇的挑戰，也許我們要闖過許多的難關，也許我們要克服許多令人心痛的事情。但是，在世界的另一方，我們會互相惦記着，大家默默地等待十年後的今天，重逢的一天。

　　「放心吧，十年後我一定會再回來，在塘福村續寫新的一章，留下更加多美麗的回憶！」

　　「這是一趟短暫的旅行而已！只不過換一下身邊的風景！」

　　在搖晃的車箱中，我凝望着雨絲劃在窗上，逐漸滴聚成水珠，然後無聲無色地滑落。

香港作家巡禮系列
在塘福村等你

作　　　者	：	車　人
封面繪者	：	Pug Knight
主　　　編	：	譚麗施
特約設計	：	Eric Chan
系列設計	：	張曉峰
特約編輯	：	莊櫻妮

總經理兼 出版總監	：	劉志恒
行銷企劃	：	王朗耀　葉美如
出　　　版	：	明報教育出版有限公司
		香港柴灣嘉業街 18 號明報工業中心 A 座 15 樓
		電話：(852) 2515 5600　　傳真：(852) 2595 1115
		電郵：cs@mpep.com.hk
		網址：http://www.mpep.com.hk
發　　　行	：	香港聯合書刊物流有限公司
		香港新界大埔汀麗路 36 號中華商務印刷大廈 3 樓
印　　　刷	：	創藝印刷有限公司
		香港柴灣利眾街 42 號長匯工業大廈 9 樓

初版一刷	：	2024 年 7 月
定　　　價	：	港幣 88 元 | 新台幣 395 元
國際書號	：	ISBN 978-988-8796-65-6

補購方式

網上商店
- 可選擇支票付款、銀行轉帳、PayPal 或支付寶付款
- 可選擇郵遞或順豐速遞收件

mpepmall.com

電話購買
- 先以電話訂購，再以銀行轉帳或支票付款
- 訂購電話：2515 5600
- 可選擇郵遞或順豐速遞收件

讀者回饋

感謝你對明報教育出版的支持，為了讓我們能更貼近讀者的需求，誠邀你將寶貴的意見和看法與我們分享，請到右面的網頁填寫讀者回饋卡。完成後將有機會獲贈精美禮物。數量有限，送完即止。

https://www.mpep.com.hk/hkwriters